FELIX HUBY

Berliner Nacht

FELIX HUBY

Berliner Nacht

KRIMINALROMAN

GMEINER

Immer informiert

Spannung pur – mit unserem Newsletter informieren wir Sie
regelmäßig über Wissenswertes aus unserer Bücherwelt.

Gefällt mir!

Facebook: @Gmeiner.Verlag
Instagram: @gmeinerverlag
Twitter: @GmeinerVerlag

FSC
www.fsc.org
MIX
Papier aus verantwortungsvollen Quellen
FSC® C083411

Besuchen Sie uns im Internet:
www.gmeiner-verlag.de

Im Ehnried 5, 88605 Meßkirch
Telefon 07575/2095-0
info@gmeiner-verlag.de

1. Auflage 2022

Lektorat: Claudia Senghaas, Kirchardt
Herstellung: Mirjam Hecht
Umschlaggestaltung: U.O.R.G. Lutz Eberle, Stuttgart
unter Verwendung eines Fotos von: © Didier Laurent / AdobeStock
Druck: CPI books GmbH, Leck
Printed in Germany
ISBN 978-3-8392-0236-4

Personen und Handlung sind frei erfunden.
Ähnlichkeiten mit lebenden oder toten Personen
sind rein zufällig und nicht beabsichtigt.

1

Nacht vom Montag, 11. Mai, auf Dienstag, 12. Mai 2020

»Keiner weiß, wie lange das noch dauert.« Carl Finkbeiner stand am Fenster und sah in die Nacht hinaus. »Obwohl die Neuerkrankungen langsam zurückgehen.«

Peter Heiland sagte nichts dazu. Er saß weit vorgebeugt an seinem Schreibtisch, die Augen auf den Bildschirm seines Computers fixiert.

Finkbeiner drehte sich um. »Die Stadt ist wie tot. Ich kann mich nicht erinnern, dass wir schon einmal so wenig zu tun gehabt haben, wenn wir im Bereitschaftsdienst waren. Und es fängt schon wieder an zu regnen. – Was machst du denn da?«

»Ich stelle ein paar Aufgaben für Heinrich zusammen, die er morgen lösen soll, wenn ich zu Hause bin. Seitdem die Schulen geschlossen sind, spielen Hanna und ich abwechselnd Lehrer für das Kind.« Er griff nach dem Wasserglas auf seinem Tisch, warf eine Tablette ein und trank das Glas in einem Zug aus.

»Hast du immer noch solche Zahnschmerzen?«, fragte Carl Finkbeiner.

»Ich hab das Gefühl, die verschlimmern sich von Stunde zu Stunde.«

Finkbeiner setzte sich und legte die Füße auf seine Schreibtischplatte. Die Schuhe hatte er ausgezogen. »Wenn die Ausgangssperre …«

»… Beschränkung«, verbesserte Heiland.

»Oder so, ja. Also wenn die noch länger dauert, kriegen wir ganz andere Fälle auf den Tisch als sonst.«

»Was meinst du?«

»Na ja, Folgen häuslicher Gewalt. Mord und Totschlag unter den eingesperrten Menschen.«

»Mal bloß den Teufel nicht an die Wand!« Peter Heiland gab den Druckbefehl, ein paar Blätter Papier wanderten aus dem Gerät. Heiland sah zu seinem Kollegen hinüber. Finkbeiners breites Gesicht hatte etwas von einer gutmütigen Dogge. Das rechte Augenlid hing ein klein wenig tiefer als das linke. Über den graugrünen Augen wölbten sich zwei buschige Brauen. Die vollen braunen Haare schien er selten zu kämmen oder zu bürsten, aber die Art, wie die Frisur wild um seinen Kopf stand, passte irgendwie zu ihm.

»Die düstere Stimmung legt sich wie Mehltau über die ganze Stadt«, sagte Heiland.

Finkbeiner nickte. »Mal sehen, wie lange es dauert, bis die Ruhe nicht mehr auszuhalten ist und die erste Panik ausbricht.« Er nahm die Füße vom Tisch, weil sein Telefon klingelte. Er hob ab. »Landeskriminalamt, vierte Mordkommission, Finkbeiner.«

Peter Heiland schaute auf seine Armbanduhr. 0.15 Uhr meldete die Digitalanzeige.

»Wo ist das?«, rief Finkbeiner in den Hörer und wiederholte dann: »Hagenstraße, Ecke Richard-Strauss-Straße. Wir kommen. … Ja, der Spurensicherung sagen wir Bescheid.«

Peter Heiland sah zu Finkbeiner hinüber, der am Steuer saß. »Seit wann kümmern wir uns um Verkehrsunfälle?«, maulte er schlecht gelaunt.

»Der Kollege sagt, es müsse zuvor ein Verbrechen geschehen sein.«

Peter Heiland drückte seine Faust gegen die rechte Wange und stöhnte leise auf. »Soso, und wie hat er das bemerkt?«

»Wird er uns wahrscheinlich gleich erklären.«

Der Regen hatte zugenommen. Ein böiger Wind schüttelte die Kronen der Bäume am Straßenrand. Finkbeiner bog am Roseneck von der Clayallee in die Hagenstraße ein. Das zuckende Blaulicht eines Polizeiwagens kam in Sicht. Ein Kleinbus der Polizei blockierte querstehend die Straße. Die Scheinwerfer beider Polizeifahrzeuge waren voll aufgeblendet. Zwei Schutzpolizisten sperrten mit rot-weißen Bändern den Unfallort ab. Peter Heiland und Carl Finkbeiner parkten dicht am Gehweg auf der anderen Straßenseite und stiegen aus.

»Seit Tagen regnet es jetzt schon«, schimpfte Heiland.

»Die Natur kann es gebrauchen«, antwortete Finkbeiner gelassen. »Wir haben zwei Dürrejahre hinter uns, und die Erde ist auch jetzt erst bis in 20 Zentimeter Tiefe durchfeuchtet. Es müssen aber 150 sein, damit sich der Boden erholt.«

Etwa 30 Meter von den Polizeifahrzeugen entfernt stand, halb auf dem Gehsteig, ein roter Golf.

Die beiden Kriminalbeamten stellten sich den Schutzpolizisten vor und wiesen sich aus. Einer der uniformierten Beamten deutete auf den Kleinbus, dessen Seitentür offen stand. Dort saß an einem Tischchen eine Frau, tief in sich zusammengesunken. Sie hatte ihre beiden Hände vors Gesicht geschlagen. Ihre Schultern bebten.

Peter Heiland bat Carl Finkbeiner, sich um die Frau zu kümmern. In solchen Situationen war ihm der Kollege überlegen.

»Hier, Herr Hauptkommissar!«, rief einer der Schutzpolizisten. Heiland ging zu ihm hinüber. Der Beamte, ein kleiner, gedrungener Mann Mitte 20, hob eine Plane an. »Wir haben nichts verändert.«

Die junge Frau lag zusammengekrümmt auf dem nassen Asphalt, ihren Kopf auf der Bordsteinkante. Die schwarzen Haare schwammen in einer Blutlache. Die Tote war nahezu unbekleidet. Sie trug nur ein Höschen und ein Spitzenhemdchen, das bis unter die Achseln hochgerutscht war. »Da! Sieht aus, als wäre sie schwer misshandelt worden«, sagte der Schutzpolizist. Der junge Körper zeigte blaue Flecken und mehrere Schnittwunden. »Die Verletzungen haben sicher nichts mit dem Unfall zu tun. Deshalb haben wir Sie gebeten …«

»Schon gut!« Heiland rieb sich mit der flachen Hand

die Wange, hinter der der Schmerz saß. »Das haben Sie richtig gemacht.« Er beugte sich über die junge Frau und richtete sich stöhnend wieder auf. Plötzlich war ihm schwindlig, sein Mageninhalt stieg hoch und drückte gegen seine Kehle. Er ging ein paar Schritte und atmete ein paarmal tief durch. Als er sich wieder umdrehte, sah er den Gerichtsmediziner auf sich zukommen, einen älteren Mann, der eigentlich schon in Pension sein sollte, dessen Vertrag aber noch einmal verlängert worden war, weil es so sehr an Fachleuten mangelte. Doktor Hauschild ging in die Hocke, beugte sich weit über die Tote, berührte kurz ihre Halsschlagader, richtete sich mühsam wieder auf und starrte eine Weile auf die halbnackte Gestalt hinab. »Das Mädchen ist höchstens 17, 18 Jahre alt geworden«, sagte er leise. »Das arme Ding.«

»Ich bin gar nicht schnell gefahren«, sagte die Frau im Polizeibulli schluchzend zu Carl Finkbeiner. »Sie ist ganz plötzlich aus dem Dunkel direkt vor mein Auto gesprungen. Ich bin nicht einmal dazu gekommen zu bremsen.«

Finkbeiner sagte: »Das muss schrecklich für Sie gewesen sein. Können Sie den Vorfall ein bisschen genauer schildern?«

Die Frau schüttelte heftig den Kopf. »Ich … ich … in meinem Kopf ist alles so durcheinander, ich weiß nicht …« Sie starrte Finkbeiner aus geröteten Augen an. »Man sagt doch immer, man muss in jeder Situation anhalten können, sonst ist man schuld.«

Die Frau war nach Finkbeiners Schätzung um die 50. Ihr volles blondes Haar hatte sie hochgesteckt. Ihr schmales Gesicht hätte man unter anderen Umständen vermutlich als schön bezeichnet, aber nun war die Wimperntusche durch die Tränen verlaufen und hatte sich in schwarzen Schlieren über die Haut verteilt.

Eine Limousine näherte sich vom Roseneck her dem Tatort. Der Wagen blieb stehen, ein Mann sprang heraus. »Was 'n hier los?«, schrie er. »Warum sperrt ihr die Straße ab, verdammt noch mal?«

Peter Heiland trat auf ihn zu. »Sie sehen doch, dass es hier einen Unfall gegeben hat.«

»Kann ja sein, aber da muss man doch nicht gleich die ganze Straße zumachen.«

»In diesem Fall doch«, antwortete Heiland ruhig.

»Wenn ihr nur eure Macht ausspielen könnt!« Der Autofahrer wurde immer lauter.

Peter Heiland blieb ruhig. »Fahren Sie zurück bis zur Hubertusbader Straße, dort links und dann über die Furtwänglerstraße. Ist kein großer Umweg.«

»Ja, sonst noch was! Ich wohne gleich hier 200 Meter weiter. Da fahr ich doch nicht mit der Kirche ums Kreuz, nur weil ihr hier …«

Weiter kam er nicht. Heiland trat dicht vor ihn hin. »Ihre Papiere!«

»Was?«

»Ihre Papiere, bitte!«

»Ach, leck mich doch!«

»Haben Sie getrunken?«

»Sie wissen nicht, wen Sie vor sich haben.«

»Geben Sie mir Ihre Papiere, dann werde ich's wissen.«

»Theo!« Der Schrei kam aus dem Polizeibulli.

Der Mann fuhr herum. »Annette?« Dann herrschte er Peter Heiland an: »Was machen Sie mit meiner Frau?«

»Die Dame hat den Unfall verursacht.«

»Was?«

Carl Finkbeiner kam aus dem Polizeibulli und reichte der Autofahrerin die Hand, um ihr beim Aussteigen behilflich zu sein. Sie stützte sich einen Augenblick schwer auf ihn und taumelte dann auf ihren Mann zu. »Theo!« Es klang wie ein Hilfeschrei. Er fing sie auf, aber Heiland, der die beiden genau beobachtete, sah den Widerwillen in seinem Blick. Der Mann fasste seine Frau fest an beiden Oberarmen, schob sie ein Stück von sich, schüttelte sie und schrie: »Was ist passiert? Was hast du gemacht?«

Sie löste sich von ihm. »Ich bin deinetwegen …«

»Ach, hör doch auf«, unterbrach er sie wütend. Dann fuhr er zu Peter Heiland herum. »Können wir gehen?«

»Sobald Sie sich ausgewiesen haben.«

Wütend riss der Mann seine Brieftasche aus seinem Jackett und streckte sie dem Kommissar entgegen. Heiland griff danach, schlug sie auf und diktierte in sein Handy: »Theo Schieferfeld, wohnhaft Hagenstraße 417, 14193 Berlin.« Er klappte die Brieftasche zu.

»Der Name wird Ihnen ja wohl etwas sagen«, knurrte sein Gegenüber.

»Bedaure, nie gehört.«

»Dann wird sich das ändern!« Schieferfeld setzte sich hinters Steuer seiner Limousine. Carl Finkbeiner war es, der die Beifahrertür für die Frau öffnete und, als sie eingestiegen war, sanft schloss.

Ein junger Schutzpolizist trat zu den beiden Kommissaren. »Ich habe versucht, die Blutspuren zu sichern. Bevor sie der Regen vollends wegwischt.«

Heiland sah den Kollegen mit einem anerkennenden Lächeln an. »Wie heißen Sie?«

»Brombacher, Polizeimeister Dietrich Brombacher.«

»Peter Heiland. Und das ist mein Kollege Carl Finkbeiner. – Dann zeigen Sie mal, Kollege Brombacher.«

Die beiden Kriminalkommissare folgten dem jungen Beamten in eine schmale Seitenstraße.

Der Polizist bückte sich und deutete mit dem ausgestreckten Zeigefinger auf einen blassroten Fleck. »Hier! Und das zieht sich über den ganzen Gehsteig bis zum Haus Nummer 47. Lauter Blutflecke. Die Frau muss schon vor dem Unfall viel Blut verloren haben.«

Das Gartentor zum Grundstück mit der Nummer 47 stand halb offen. Auch auf dem Plattenweg, der zum Haus führte, fanden sich im Licht aus Brombachers starker Taschenlampe Blutspuren.

Finkbeiner klingelte an der Haustür.

Keine Reaktion.

Heiland ging um die zweigeschossige Villa herum. Hinter dem Haus erstreckte sich ein großer Garten. Einzelne in die Erde eingelassene Lampen beleuchteten Büsche von unten. Am Ende des Grundstücks standen zwei hohe Laubbäume. Auch sie wurden von Scheinwerfern, die im Boden versenkt waren, angestrahlt. Peter Heiland musste an einen Artikel denken, den er kürzlich gelesen hatte. Auch Pflanzen müssten ihre Nachtruhe haben, ständiges Licht schade ihnen.

Eine Treppe mit vier flachen Stufen führte zu einer Glastür in einer breiten, tiefgezogenen Fensterfront hinauf. Die Tür war einen Spalt offen. Heiland rief nach den anderen, gemeinsam betraten sie das Gebäude. Finkbeiner rief ein paarmal laut: »Hallo! Ist hier jemand?« – Stille! Um ihre Füße bildeten sich Pfützen.

Der junge Polizist drückte einen Schalter direkt neben der Tür. Warmes gelbes Licht breitete sich aus. »Hoppla!«, entfuhr es Peter Heiland.

Der etwa 80 Quadratmeter große Raum glich einem Schlachtfeld: auf dem Boden leere Flaschen, auf mehreren niedrigen Glastischen zum Teil umgestürzte Gläser, auf dem Terrazzoboden Zigarettenkippen und Reste von Joints, dazwischen zwei gebrauchte Kondome. Vier Sofas, die vermutlich zuvor eine gemütliche Sitzecke gebildet hatten, waren zu einer großen Fläche zusammengeschoben. Sessel und Stühle standen an den Wänden verteilt.

»Das muss eine verdammt wilde Party gewesen sein«, sagte der Schutzpolizist.

»Und das in Zeiten des strengen Kontaktverbots«, sagte Finkbeiner.

»Es gibt eben Leute, die glauben, für sie gelten die Regeln nicht«, meinte der junge Beamte. »Damit haben wir jeden Tag zu tun. Die einen halten sich streng daran, und andere lassen die Sau raus, als ob sie uns beweisen wollten, dass ihnen alle Gesetze und Verordnungen am Arsch vorbei ... also ... gleichgültig sind.«

Plötzlich stand ein dünner, großer Mann in der Terrassentür. Seine Silhouette vor dem schwarzen Nachthimmel wirkte wie ein Schattenriss. Er griff nach einem verdeckten Schalter und stand plötzlich in hellem Licht auf der Terrasse. Er trug Jeans und einen Parka. Die Jacke triefte vor Nässe, ebenso die Frisur. Die langen schwarzen Haare hingen ihm tief ins Gesicht. »Au Mann!«, rief er.

Die Polizeibeamten fuhren herum.

»Wer sind Sie?«, fragte Peter Heiland.

Der Mann zog einen Presseausweis aus einer der vielen Außentaschen seiner Jacke und hielt ihn hoch. »Fritz Konnert, ich bin Journalist.«

»Und? Was suchen Sie hier?«

»Ich wohne gleich hier um die Ecke in der Richard-Strauss-Straße und bin vor ein paar Minuten nach Hause gekommen. Da hab ich gesehen, was auf der Hagenstraße los war.«

»Auf der Hagenstraße«, meldete sich Finkbeiner, »aber wir sind hier im Pflasterweg.«

»Ein Polizist hat mir freundlicherweise gesagt, dass Sie hier in der Gegend sein müssten. Er hat gesagt: ›Die Leute von der Mordkommission.‹ Und da müsste ich ja mit dem Klammerbeutel gepudert sein, wenn ich der Sache nicht nachgehen würde.«

»Wenn Sie hier in der Gegend wohnen, wissen Sie vermutlich, wem dieses Haus gehört?«, fragte Heiland.

»Ja sicher. Frank Ulrich Bergmeister.«

»Dem Unternehmer?«, fragte Finkbeiner.

»Ja, Konsul Bergmeister.«

Peter Heiland sah seinen Kollegen überrascht an. »Kennst du den?«

»Er ist einer der wichtigsten Kunstsammler der Stadt. Ich hab ihn bei der einen oder anderen Vernissage gesehen. Er gilt auch als großzügiger Mäzen.«

Der Journalist meldete sich wieder: »Zurzeit ist er in Belgien, soviel ich weiß. Wegen dieser scheiß Coronakrise kann er nicht zurück. Und wenn, dann muss er erst einmal 14 Tage in Quarantäne.« Als ob das alles erklären würde, fügte er hinzu: »Wir spielen manchmal eine Partie Tennis zusammen. Drüben bei *Rot-Weiß*.«

»Dann hat wohl irgendwer seine Abwesenheit genutzt, um hier eine wilde Party zu feiern.«

»Na ja, Holm wahrscheinlich, sein Sohn.«

»Aha. Den kennen Sie natürlich auch.«

Der Journalist nickte. »Ich hab früher mal für Bergmeister gearbeitet. Fünf Jahre lang war ich sein PR-Berater.«

»Was versteht man darunter?«, fragte Peter Heiland.

»Pressearbeit. Außerdem habe ich eine Kundenzeitschrift für ihn gemacht, die vierteljährlich erschienen ist. So ein Hochglanzblatt, in dem ich seine gewaltigen

Erfolge rühmen musste.« Er drehte sich kurz um und spuckte in den Garten.

»Und jetzt? Arbeiten Sie nicht mehr für ihn?«

»Nein. Seit drei Jahren lebe ich als freier Journalist.«

»Aber Sie spielen noch Tennis zusammen?«

»Ja, dass wir uns beruflich getrennt haben, hat unserer Freundschaft keinen Abbruch getan.«

Heiland musterte den langen, dünnen Mann misstrauisch. »Kann ich Ihren Personalausweis sehen?«

»Genügt Ihnen der Presseausweis nicht?«

»Nein!«, sagte Heiland knapp.

Widerstrebend reichte der Journalist dem Kommissar die Karte.

»Sie wohnen an der Schillerpromenade in Neukölln. Das ist nicht direkt hier um die Ecke.«

»Stimmt!« Konnert grinste breit.

»Also, warum tauchen Sie mitten in der Nacht hier auf?«

»Okay. Ich muss es zugeben: Ich höre den Polizeifunk ab.«

»Was verboten ist«, sagte Polizeimeister Brombacher.

»Junger Mann«, der Journalist sah auf den Beamten hinab, »haben Sie eine Ahnung, wie schwer es ist, als freier Journalist seine Brötchen zu verdienen?«

»Und wo wird nun Ihr Bericht erscheinen?«, fragte Peter Heiland.

»Schauen wir mal. Das weiß ich noch nicht.«

»Dort, wo man Ihnen am meisten dafür bezahlt, nehme ich an«, sagte Brombacher.

»Ganz recht! Ich arbeite für verschiedene Berliner Boulevardblätter, vor allem für die *BZ*.«

Konnert salutierte lässig mit dem Zeigefinger an der Stirn, nuschelte »bis die Tage, meine Herren«, verließ die Terrasse und ging um die Hausecke herum davon.

»Komischer Vogel«, sagte Finkbeiner.

»Der ist nicht sauber!«, schob der junge Brombacher nach.

»Da könnten Sie recht haben«, sagte Peter Heiland. »Ich schau mir das Haus schnell noch an.«

Er verließ das Gartenzimmer und gelangte in einen großzügigen Eingangsbereich. Eine elegant geschwungene Treppe führte nach oben zu einer Galerie. Durch eine breite Glastür unter der Treppe gelangte der Kommissar in einen Raum, auf den der Name »Salon« wohl zutreffen würde. Peter Heiland blieb stehen und legte die Stirn in Falten. »Komisch«, sagte er.

»Was ist komisch?« Carl Finkbeiner war hinter ihn getreten.

»Ich war hier schon mal.«

»Hier? In diesem Haus?«

»Ja, ich kenne das alles, aber ich komm ums Verrecken nicht drauf, wann das gewesen sein könnte. Egal! Wir ziehen ab«, entschied Heiland. »Am liebsten würde ich die Spurensicherung rufen.«

»Geht aber nicht ohne richterliche Durchsuchungsanordnung.«

Die drei Beamten verließen das Haus und gingen durch den Garten zur Straße zurück. Der Regen hatte aufgehört. Die hohen Wolken zeigten erste Lücken, durch die ein fahler Mondschein fiel. Ein Stück den Pflasterweg hinunter lehnte der Journalist an einer Laterne. Eine Zigarette hing in seinem Mundwinkel. Mit der linken Hand hielt er ein Telefon ans Ohr, in das er hineinsprach, mit der rechten zog er einen Taschenkamm durch sein nasses Haar. Als er die Kommissare kommen sah, beendete er das Gespräch.

Peter Heiland trat auf ihn zu. »Weit sind Sie nicht gekommen.«

»Musste noch schnell telefonieren.« Konnert wandte sich zum Gehen.

»Augenblick noch! Haben Sie eine Ahnung, wo wir Holm Bergmeister finden könnten?«

Konnert blieb stehen und schüttelte den Kopf. »Mit mir redet der schon lange nicht mehr.«

»Und warum?«

»Keine Ahnung. Ehrlich!« Konnert nahm die Zigarette aus dem Mund, ließ sie auf den Bürgersteig fallen und trat die Glut mit der Schuhsohle aus. »Manchmal denke ich, er ist eifersüchtig, weil ich mich mit seinem Vater so gut verstehe.«

»Wohnt er denn hier im Pflasterweg?«

»Er hat wohl noch einen Schlüssel, kommt aber nur, wenn er weiß, dass sein Vater weit weg ist.«

»Und die Mutter?«

»Selbstmord vor zweieinhalb Jahren. Der Alte hat das leichter verkraftet als der Sohn, der hat danach total durchgedreht.«

»Wie alt ist denn der Sohn?«

»Zweiunddreißig, warum?«

»Nur so. Wie erreichen wir Sie, wenn wir noch Fragen haben?«, fragte Peter Heiland.

Konnert zog aus einer seiner vielen Jackentaschen eine leicht zerknitterte Visitenkarte, reichte sie dem Kommissar, klopfte eine neue Zigarette aus der Schachtel und steckte sie zwischen die Lippen, ohne sie anzuzünden.

Peter Heiland studierte die Karte im Licht der Straßenlaterne. Als Adresse war ›Richard-Strauss-Straße 111‹ angegeben. Die war aber durchgestrichen, und handschriftlich stand ›Schillerpromenade 137‹ darüber.

Ein Windstoß fuhr in die Krone der Kastanie direkt über ihnen und warf einen Schwall Nässe über sie.

»Scheißwetter!«, sagte Konnert.

»Der Beginn der Eisheiligen«, antwortete Carl Finkbeiner.

»Morgen ist Pankratius«, meldete sich Peter Heiland.

»Ja«, sagte Finkbeiner, »fast niemand weiß, dass die Eisheiligen heute, am 11. Mai, mit Mamertus beginnen. Danach erst folgen Pankratius, Servatius, Bonifatius und die Kalte Sophie.«

Konnert zündete sich seine Zigarette an und stieß eine Rauchwolke aus. »Na dann, viel Glück, meine Herren.« Er überquerte die schmale Straße, stieg in einen Fiat 500 und fuhr davon. Der Pflasterweg war eine Einbahnstraße und führte weg von der Hagenstraße in Richtung Clayallee.

2

Dienstag, 12. Mai 2020

Nach dem Bereitschaftsdienst in der Nacht hatte Peter Heiland einen Tag frei.

»Am besten gehst du gleich zum Zahnarzt«, sagte seine Frau Hanna beim Frühstück.

Peter schüttelte den Kopf. »Ich muss mich doch um Heinrich kümmern. Außerdem: Doktor Richters Praxis ist bis Donnerstag geschlossen, hat er auf seinen Anrufbeantworter gesprochen. Da es an Schutzkleidung fehle, könne er in der augenblicklichen Situation nur eingeschränkt praktizieren.«

»Eine Notfallversorgung muss es aber geben. Ruf doch mal in der Zahnklinik an der Königin-Luise-Straße an.«

»Okay, ich versuch's.«

Der siebenjährige Heinrich kam im Schlafanzug herein und gähnte laut.

»Hand vor den Mund!«, rief Hanna.

»Nein, Armbeuge«, antwortete der Kleine, »wegen Corona.« Er setzte sich an den Tisch und widmete sich dem Müsli, das seine Mutter für ihn vorbereitet hatte. »Machen wir heute wieder Schule, Papa?«

»Ja, aber ich muss mich auch hinlegen. Ich hab die ganze Nacht nicht geschlafen.«

»Und er muss zum Zahnarzt!«, rief Hanna, schon im Weggehen.

»Da kann ich ja mitkommen«, sagte Heinrich.

Carl Finkbeiner war nicht nach Hause gegangen. Er hatte beschlossen, im Büro zu bleiben, bis Jenny Kreuters und Norbert Meier, seine Kollegen, mit denen er das Arbeitszimmer teilte, eintreffen würden. Und wie er gehofft hatte, kam Jenny zuerst. Er nahm sie in den Arm. Sie küssten sich, wobei sie beide ein wachsames Auge auf die Tür hatten. Niemand in der Abteilung wusste, was sich bei den beiden geändert hatte, seitdem sie sich, für beide völlig überraschend, ineinander verliebt hatten.

Carl Finkbeiner konnte sich bis heute nicht erklären, wieso es nicht sehr viel früher dazu gekommen war. Warum war ihm nicht längst aufgefallen, wie hübsch sie war? Ihre grünbraunen Augen über den hohen Wangenknochen hatten eine leichte Schräge nach oben. Das Gesicht war mehr herzförmig als rund und strahlte fast immer eine gewisse Fröhlichkeit, man könnte auch sagen Frechheit, aus. Die rotbraunen Haare trug Jenny kurz. Ein kleiner Pony fiel über die Stirn. Das alles war ihm nicht weiter aufgefallen, bis zu jenem warmen Spätsommertag, als sie während einer gemeinsamen Recherche im Ruppiner Land auf der Terrasse einer Gaststätte am See saßen und Jenny den Fisch für ihn filetierte, was er selbst noch nie gekonnt hatte. Völlig überraschend hatte er sie gefragt: »Sag mal, liest du eigentlich?«

»Wie bitte?«

»Ich meine: Liest du Bücher?«

Sie hatte von der Forelle aufgesehen und vorsichtig die lange Gräte auf ein Tellerchen gelegt. »Wie meinst du das?«

»Na ja, die meisten Leute lesen ja keine Bücher mehr. Höchstens Texte auf ihrem Smartphone oder Tablet.« Und dann erzählte er, dass er selbst ein begeisterter Leser sei. »Jeden Monat lese ich mindestens drei Bücher.«

Jenny hatte gelacht. »Da muss ich mich jetzt wohl outen: Ich bin auch eine leidenschaftliche Leserin. Gerade verschlinge ich ein Buch von Katharina Adler, es heißt schlicht *Ida* und erzählt das Leben einer Patientin von Sigmund Freud.«

»Kenn ich«, hatte er geantwortet, »das hab ich auch gelesen.«

»Na so was! Wie lange arbeiten wir jetzt zusammen?«

»Dreieinhalb Jahre, warum?«, fragte Carl.

»Weil sich Gemeinsamkeiten auftun, mit denen wir wohl beide nicht gerechnet haben.«

»Na, hoffentlich beeinträchtigt das unsere Arbeit nicht«, hatte Finkbeiner mit einem Lächeln gesagt.

Er hatte behutsam sein Besteck auf den Teller gelegt und seine Kollegin angesehen, als sei er ihr grade zum ersten Mal begegnet. »Gehst du auch manchmal ins Theater?«

»Früher öfter«, sagte Jenny, »aber die Freundin, die mich begleitet hat, ist inzwischen weggezogen, und seitdem gehe ich nur noch ganz selten.«

»Mir geht es genauso. Wenn man hinterher niemanden hat, mit dem man über die Aufführung reden kann, ist es nur das halbe Vergnügen.«

Jenny hatte nichts weiter dazu gesagt. Aber im Stillen hatte sie gedacht: Wenn er eines Tages mit zwei Theaterkarten ankommt, werde ich nicht nein sagen.

Finkbeiner hatte dann die Rechnung übernommen. Er bezahle sie von seinem ersten Honorar für eine Kurzgeschichte, hatte er gesagt. Völlig perplex hatte Jenny ihn angesehen. »Du schreibst?«

»Ja, aber es ist nur so ein Hobby. Manchmal hab ich schon daran gedacht, einen Kriminalroman zu schreiben, aber dafür weiß ich wohl zu gut, wie es wirklich zugeht bei der Polizei. Jetzt versuch ich's erst einmal mit Kurzgeschichten.«

Und so hatte ein Wort das andere gegeben, mit dem Ergebnis, dass plötzlich eine Vertrautheit zwischen ihnen entstand, die sich in den Wochen danach immer weiter vertiefte, bis Carl Finkbeiner zum ersten Mal über Nacht bei Jenny Kreuters in deren kleiner Wohnung in der Muskauer Straße mit Blick auf den Mariannenplatz geblieben war.

Bis jetzt hatten sie ihr Geheimnis für sich behalten, wohl wissend, dass die Chefetage es nicht akzeptierte, wenn zwei Beamte in einer Abteilung ein Liebesverhältnis hatten. Das war damals auch der Grund dafür gewesen, dass Hanna, Peter Heilands Frau, zum Betrugsdezernat versetzt worden war.

Norbert Meier kam herein. »Na, 'ne ruhige Nacht gehabt?«, fragte er Finkbeiner.

»Nein«, antwortete der, »ganz im Gegenteil, oder was glaubst du, warum ich noch hier herumhänge?«

Meiers Blick ging von Finkbeiner zu Jenny und zurück. »Wer weiß?«, sagte er und setzte sich an seinen Schreibtisch.

Carl Finkbeiner gab einen kurzen Bericht über die Geschehnisse der letzten Nacht.

»Weiß man schon, wer die Tote ist?«, fragte Jenny.

»Nein. Peter hat noch veranlasst, dass ein Foto von ihr den Zeitungen übermittelt wird. Aber das kann natürlich erst morgen erscheinen. Wir müssen versuchen, diesen Holm Bergmeister zu finden. Der hat vermutlich die Party veranstaltet. Ich hab schon nachgesehen. Er ist bei uns kein Unbekannter. Zweimal hatte er ein Verfahren wegen Körperverletzung und einmal eines wegen Fahrerflucht in einem besonders schweren Fall am Hals.«

»Ist er verurteilt worden?«

»Nein. In den Fällen wegen Körperverletzung haben die Opfer die Anzeige zurückgezogen, und das Verfahren wegen Fahrerflucht ist wegen unterschiedlicher Zeugenaussagen zu den Akten gelegt worden.«

»Der Papa wird's scho' richten!«, kommentierte Meier, indem er einen alten Song von Helmut Qualtinger zitierte.

»Sieht so aus, ja. Gemeldet ist dieser Holm Bergmeister bei seinem Vater im Pflasterweg in Wilmersdorf. Aber ein Zeuge sagt, da wohne er nicht mehr. Er sei nur dort, wenn sein Vater verreist sei.«

Kurz nach 10 Uhr meldete sich die Pforte: »Eine Frau Schieferfeld möchte Kommissar Finkbeiner sprechen.«

Finkbeiner legte seine Atemmaske an, fuhr mit dem Aufzug hinunter ins Erdgeschoss und begrüßte Annette Schieferfeld mit einer kleinen Verbeugung aus gebotenem Abstand. Die Frau trug ebenfalls eine Maske, was Finkbeiner einmal mehr zu der Überlegung brachte, wie wenig man von einer Person wahrnehmen konnte, wenn eine Gesichtshälfte verdeckt war. Gemeinsam fuhren sie in den fünften Stock und nahmen in einem der Besprechungszimmer Platz. Beide schwiegen auf dem Weg dorthin. Erst als sie sich gesetzt hatten, fragte Finkbeiner: »Nun?«

Frau Schieferfeld zog die Maske vom Gesicht. »Ich habe die ganze Nacht kein Auge zugetan.«

»Das kann ich verstehen.«

»Und ich habe hundertmal versucht, mir ins Gedächtnis zurückzurufen, was genau passiert ist.«

Der Kommissar nickte und sah sie erwartungsvoll an. »Und?«

»Es war ja dunkel, und es hat auch geregnet. Aber ich bin mir immer sicherer, dass da noch jemand war.«

»Jemand?«

»Ein Mann.«

»Können Sie ihn beschreiben?«

Frau Schieferfeld schüttelte den Kopf. »Es war mehr so ein Schatten. Jedenfalls rannte er hinter dem Mädchen her und warf immer wieder die Arme in die Höhe.«

»Ein junger Mann?«

Annette Schieferfeld biss sich auf die Unterlippe und legte ihre Stirn in Falten. »Schwer zu sagen. Dann dieser Schlag. Ich sah noch, wie die Frau durch die Luft wirbelte und … ja … es ist seltsam, aber einen Moment dachte ich: Warum hat die so wenig an. Und von da an ist alles weg. Blackout sagt man wohl dazu.«

Finkbeiner nickte. »Ich verstehe. Und der Mann, der hinter ihr herrannte?«

»Von dem habe ich nichts mehr gesehen.«

»War er jung?«

»Ich weiß nicht.«

»Sagen wir mal: War er schnell, beweglich, sah es so aus, als würde er sie gleich einholen?«

»Nein, ich glaube nicht.«

»Darf ich Sie fragen, warum Sie so spät noch unterwegs waren?«

»Ich wollte meinen Mann abholen.«

»Aber er war doch mit dem eigenen Wagen unterwegs.«

»Ja, schon, aber wenn er mit seinen Freunden Karten spielt, trinkt er meistens zu viel. Normalerweise ist er ja auch vor Mitternacht zu Hause. Wenn es später wird und er viel getrunken hat, ruft er mich immer an. Ich habe mir Sorgen gemacht. Ich wollte ihn auf dem Handy anrufen, aber er ging nicht ran. Da bin ich losgefahren. Aber durch den Unfall bin ich ja dann aufgehalten worden.«

»Wo war denn Ihr Mann?«

»In der Hundekehlestraße.«

»Wo bitte?«

»Kennen Sie die nicht? Die geht vom Roseneck ab und führt in die Breite Straße. Ein Freund meines Mannes wohnt dort. Er ist Architekt. Einmal im Monat spielen sie dort Karten.«

»Jetzt erinnere ich mich. Es gibt dort ein Restaurant, das auch *Hundekehle* heißt. Eigentlich hätte Ihr Mann von dort aus auch zu Fuß nach Hause gehen können.«

»Mein Mann?« Sie lachte kurz auf.

»Verstehe.« Finkbeiner lächelte sie freundlich an. Frau Schieferfeld hatte sich offensichtlich gefangen. Sie wirkte ruhig und gefasst, ganz anders als in der Nacht zuvor. »Sagen Sie«, fuhr Finkbeiner fort, »sind Sie mit der Familie Bergmeister im Pflasterweg bekannt?«

»Flüchtig. Mein Mann hat gelegentlich mit Herrn Bergmeister zu tun. Warum fragen Sie?«

»Das Mädchen, das bei dem Unfall ums Leben gekommen ist, war offensichtlich davor im Haus Bergmeister bei einer Party gewesen.«

»Ach ja?« Frau Schieferfeld nahm einen Taschenspiegel aus ihrer Handtasche, prüfte ihr Aussehen und steckte den Spiegel zurück. Sie hob den Kopf. »Bei einer Party? Die sind doch zurzeit gar nicht erlaubt.«

»Das Gleiche gilt wohl auch für die Kartenrunde Ihres Mannes.«

Sie zuckte mit den Achseln. »Da haben Sie vermutlich recht.« Sie stand auf und strich den engen schwarzen Rock glatt. »Ja, das war's dann wohl, oder haben Sie sonst noch Fragen?«

»Wie heißt denn der Architekt, bei dem Ihr Mann zum Kartenspielen war?«

»Warum wollen Sie das denn wissen?«

»Nur so«, sagte Finkbeiner obenhin. »Man weiß ja nie …«

»Arthur Lohmann. Er ist ziemlich bekannt.«

»O ja«, sagte Carl Finkbeiner, »er hat diese Siedlung in Britz gebaut, nicht wahr?«

»Ganz recht. Aber berühmter ist ja wohl die Kirche im Engadin. Mein Mann sagt, die sei ein richtiger Wallfahrtsort. Nicht wegen der Religion, sondern wegen der Architektur. War's das?«

»Im Augenblick habe ich keine weiteren Fragen. Ich weiß ja, wie ich Sie erreiche.« Carl Finkbeiner ging voraus, öffnete die Tür, trat drei Schritte zurück und machte eine kleine Verbeugung. »Vielen Dank, dass Sie sich extra herbemüht haben.«

»Keine Ursache«, sagte Frau Schieferfeld, nickte ihm zu und verließ den Besprechungsraum.

Als Finkbeiner in das Gemeinschaftsbüro zurückkam, unterhielten sich Jenny und Norbert Meier angeregt. »Am besten fahr ich gleich mal dorthin«, sagte Meier gerade.

»Wohin?«, wollte Finkbeiner wissen.

»Wir wissen jetzt, wer das getötete Mädchen ist. Ein Redakteur der *Morgenpost*, auf dessen Schreibtisch ihr Bild gelandet ist, hat sie erkannt.

Das Girl arbeitet als Prostituierte im *Club Arabelle* am Savigny-Platz.«

»Und der Redakteur …«

»Er sagt, er sei dort nicht Kunde, sei aber mal bei einer Recherche für eine Reportage dort gewesen. Da sei ihm das Mädchen aufgefallen. Er meint, sie stamme aus Moldawien, könne das aber nicht beschwören.«

»Braucht er auch nicht«, sagte Finkbeiner. »Wollen wir zusammen dorthin fahren?«

»Du hast doch frei nach deinem Nachtdienst. Ich schaff das auch alleine.«

»Aber es interessiert mich, und müde bin ich sowieso nicht.«

»Ist wirklich nicht nötig.«

»Du weißt doch: Befragungen meistens mit einem Kollegen als Zeugen.«

»Hält sich doch eh kaum einer dran.«

»Wir in unserer Abteilung schon.«

»Na gut, wenn du unbedingt willst.«

»Okay, dann halte ich hier die Stellung«, ließ sich Jenny hören.

3

Hanna war kurz vor 9 Uhr in den Dienst gefahren. Peter hatte Heinrich die Aufgaben erklärt, die er für ihn vorbereitet hatte. »Und wenn du damit fertig bist, weckst du mich bitte.«

»Mach ich!«

»Allerspätestens um 11 Uhr.«

»Okay, gebongt!«

Peter verschwand Richtung Schlafzimmer, Heinrich setzte sich an den Tisch im Wohnzimmer und widmete sich seinen Aufgaben. »Die sind ja babyleicht!«, rief er seinem Vater noch nach.

Als Peter Heiland wieder zu sich kam und auf die Uhr an seinem Handgelenk sah, war es 13.55 Uhr. Mit einem Satz war er aus dem Bett, jaulte kurz auf, weil ein Schmerz wie ein Messerstich in sein Zahnfleisch fuhr. Er eilte ins Wohnzimmer. Heinrich lag auf dem Bauch vor dem Fernseher und sah sich eine der *Sendungen mit der Maus* an, die während der Coronakrise speziell für die kleinen Zuschauer wiederholt wurden.

»Hab ich dir nicht gesagt, du sollst mich wecken?«

»Hmm!«, kam es vom Boden herauf.

»Und warum machst du das nicht?« Peter wurde richtig laut.

»Du hast so schön geschlafen.«

»Was? Wenn ich dir sage, du sollst mich spätestens um 11 Uhr wecken …«

Heinrich setzte sich auf. »Was schreist du denn so?«

»Weil du nicht tust, was man dir sagt.« Peter wurde immer lauter. »Jetzt ist es zu spät für die Zahnklinik.«

»Die haben bis 18 Uhr geöffnet. Ich hab im Internet geguckt.«

»Statt zu tun, was ich dir gesagt habe«, Peter stampfte mit dem nackten Fuß auf, »surfst du im Internet rum, was dir den Tag über sowieso verboten ist. Meinst du eigentlich, du kannst mir so auf der Nase rumtanzen?«

Heinrich stand vollends auf. »Schrei mich ruhig weiter an, Papa, wenn es dir guttut.«

Peter klappte den Mund zu, sah auf sein Kind hinunter, schüttelte kurz den Kopf und begann zu lachen. Als er wieder zu Atem kam, sagte er: »Tut mir leid, Heinrich. Es ist vielleicht wegen der Zahnschmerzen.« Er fasste sich an die Wange. »Aber die spüre ich grade gar nicht.«

»Die sind nur weg, weil du Angst vor dem Zahnarzt hast.«

»Trotzdem fahren wir da jetzt hin.«

»Wundere dich nicht, wenn mich die Puffmutter kennt.« Norbert Meier saß am Steuer.

»Was? Was hast du gesagt?« Carl Finkbeiner war auf dem Beifahrersitz eingenickt.

»Ich hab gesagt: Könnte sein, dass sich die Puffmutter an mich erinnert.«

»Hast du da schon mal ermittelt?«

»Das nicht direkt.«

»Und indirekt?«

»Wirst du dir ja wohl denken können.«

Carl Finkbeiner hatte ein bisschen Mühe zu begreifen. »Sie kennt dich als Kunden?«

»Ich bin ein einsamer Mann – gewesen. Es ist schon eine Weile her.«

»Ja, du hast ja jetzt Valeska.«

»Eben!«

Es war gut, dass Meier Finkbeiner vorbereitet hatte. »Ja, da schau her, dass du auch mal wieder vorbeikommst!«, war der erste Satz der Puffmutter, die sich hier Empfangsdame nannte. »Aber du musst doch wissen, dass bei uns das Kontaktverbot doppelt gilt.«

»Und warum ist die Tür dann offen?«, fragte Finkbeiner. »Frau … äh …«

»Wychniak. Sie heißt Arabella Wychniak«, sagte Meier.

Carl sah sich um. Der Raum war ganz in Rot gehalten. Gleich neben der Tür stand ein kleiner Empire-Schreibtisch, in einer Ecke eine künstliche Palme, an der ein riesiger goldener Vogelkäfig hing, in dem ein Kanarienvogel hin und her flatterte. In der Mitte sprudelte ein kleiner Springbrunnen, ein paar plüschene Sesselchen standen penibel aufgereiht an der Wand. Der Eingangstür gegenüber befand sich ein Glasschrank, in dem eine Batterie Flaschen und die verschiedensten Gläser zu sehen waren.

»Ich habe keinen Hinweis gesehen, dass Ihr Laden geschlossen ist«, sagte Finkbeiner.

»Das ist kein Laden, das ist ein ziemlich renommiertes Etablissement«, schnappte die Frau. »Dass die Tür offen war – ein reines Versehen. Ich arbeite an meiner Steuererklärung.«

»Lassen wir das«, sagte Meier. Er legte das Foto des getöteten Mädchens auf den Tisch.

»Was ist denn mit der passiert? Die sieht ja schrecklich aus«, sagte die Puffmutter.

»Sie ist tot. Wurde heute Nacht überfahren. Wir brauchen ihren Namen und die Anschrift.«

»Und die wollt ihr von mir?«

»Ja, natürlich.«

»Tut mir leid.«

Meier trat dicht vor sie hin und musterte sie mit seinen harten grauen Augen. »Arabella, willst du, dass wir jetzt alle deine Räume durchsuchen, um festzustellen, wer im Haus ist? Meinst du, wir wissen nicht, dass du es genauso machst wie die Restaurants?«

»Wie denn? Was meinst du denn?«

»Bestellung telefonisch, Lieferung außer Haus. Also?« Er schickte sich an, den langen Korridor hinunterzugehen, der sich an den Empfangsraum anschloss und von dem auf beiden Seiten Türen abgingen.

Die Hausherrin vertrat ihm den Weg. »Sie heißt Aneta Mitrasca. Wo sie wohnt? Keine Ahnung. Ich glaube, bei ihrer Mutter.«

»Wo kommt sie her?«

»Aus Moldawien, wenn ich's recht weiß.«

»Ach, das weißt du schon«, sagte Meier. »Und du weißt garantiert auch, wo die Mutter wohnt.«

»Wie kommst du darauf?«

»So halt. Ich denke, ich finde jemanden hier, der uns das sagen kann.« Und wieder machte er sich auf den Weg den langen Korridor hinunter.

»Hör doch auf, Mann!« Die Frau wurde laut. »Okay, ein paar der Mädchen sind hier. Aber nur, weil sie nicht wissen, wo sie sonst bleiben sollen.«

Meier blieb stehen und drehte sich um. »Arabella, wir sind nicht von der Sitte und prüfen auch nicht die Einhaltung des Kontaktverbots. Wir ermitteln in einem Todesfall, der vielleicht ein Mord gewesen ist.«

Die Frau trat vor einen bodentiefen Spiegel, betrachtete kurz ihr Erscheinungsbild, schob eine Locke hinter ihr linkes Ohr und schüttelte dann unwillig den Kopf. »Die Mutter hat mal hier gearbeitet. Aber sie war nicht begabt für den Job. So eine, die gerne mit den Kunden lange geredet hat, statt sie schnellstmöglich abzufertigen. Jetzt ist sie eh zu alt und zu verkommen.«

Carl Finkbeiner sah Arabella an und dachte: Vermutlich verachtet sie nicht nur diese Frau, sondern auch garantiert die meisten ihrer Kunden und womöglich die ganze Welt.

»Und die Tochter? Wie alt ist die denn?«, fragte Meier.

»Alt genug! Die musste man nicht überreden.«

»Und die Adresse der Mutter!«, forderte jetzt Finkbeiner.

»Irgendwo im Wedding. Ich kann sie raussuchen.«

»Ja, dann machen Sie das!«

»Sie heißt jetzt vermutlich anders. Irgendwann hat sie einen deutschen Mann geheiratet. Wahrscheinlich nur, um in Deutschland eingebürgert zu werden.«

»Ist ja kein böses Motiv«, sagte Finkbeiner.

»Wenn Sie meinen.« Arabella kramte in der Schublade ihres kleinen Schreibtisches, brachte ein Notizbuch hervor, blätterte umständlich darin und sagte schließlich: »Herdorfer Weg 7, im Wedding.«

Finkbeiner notierte die Anschrift. »Und wie heißt Anetas Mutter jetzt?«

»Keine Ahnung. Früher hieß sie Elena Mitrasca, und so heißt auch Aneta, das arme Ding. Was ist ihr denn nun passiert?«

Finkbeiner erzählte in dürren Worten die Geschehnisse der letzten Nacht. Bewusst beschrieb er auch die Verletzungen, die der jungen Frau offenbar schon vor dem Unfall zugefügt worden waren.

»Ein Sadist, was?«

»Ja, das vermuten wir.«

»Fällt dir dazu was ein?«, fragte Meier.

Sie schüttelte den Kopf. »Solche Praktiken dulde ich nicht in meinem Etablissement. Das müsstest du wissen.«

Als sie sich wieder in den Dienstwagen setzten, sagte Norbert Meier als Erstes: »Also, bevor du was Falsches denkst …«

Finkbeiner winkte ab. »Ist doch alles okay, Norbert. Was meinst du, wie oft ich es gerne genauso gemacht hätte …? Ich hab mich bloß nicht getraut! So ein pietistisch erzogener Schwabe wie ich müsste da schon über eine hohe Hürde springen.«

»Aber bist du nicht immer noch alleine?«

»So fragt man Leute aus, lieber Kollege. Aber sagen wir mal so: Mir geht es ganz gut!« Dann schwiegen sie, bis sie im LKA ankamen. Als sie in der Tiefgarage ausstiegen, rief Meier über das Dach des Dienstwagens hinüber: »Ich dachte immer, du und Jenny …«

Finkbeiner fuhr herum. »Was dachtest du?«

»Na ja, ich hab mir ja selber eine Zeit lang Hoffnungen gemacht, bis ich begriffen habe, dass ich absolut nicht ihr Typ bin. Aber du …«

»Was ich?«

»Du und Jenny, das müsste eigentlich passen, und ich hab schon manchmal gemeint, ich hätte da …« Er unterbrach sich, winkte ab und kleckerte leise nach: »Geht mich ja nichts an.«

Im Aufzug überlegte Carl Finkbeiner, ob er dem Kollegen reinen Wein einschenken sollte. Aber dann dachte er, wenn es jemand erfahren müsste, dann zuallererst Peter Heiland.

Der war inzwischen in Begleitung seines Sohnes in der Zahnklinik an der Königin-Luise-Straße eingetroffen.

»Sie haben einen Termin?«, fragte eine freundliche Dame am Empfang.

»Nein, tut mir leid.«

»Er ist ein Notfall«, krähte der kleine Heinrich.

Die Frau beugte sich über den Tresen. »Und das weißt du?«

»Ja, natürlich.«

»Lass mal«, sagte sein Vater, und wieder zu der Dame: »Ich hab halt Schmerzen.«

»Na gut. Aber die Wartezeit beträgt mindestens zwei Stunden.«

Peter Heiland schüttelte den Kopf. »So schlimm sind die Schmerzen dann auch wieder nicht. Kommst du, Heinrich?« Er nahm seinen Sohn an der Hand, und die beiden verließen die Klinik.

Draußen schien die Sonne. »Wenn jetzt der Botanische Garten dort drüben offen hätte«, meinte Peter, »könnten wir einmal gemütlich durchbummeln. Aber es ist ja alles geschlossen.«

»Sogar die Spielplätze«, sagte der Junge.

Peter legte den Arm um die Schultern seines Sohnes. »Das wird auch wieder besser.«

»Und deine Zahnschmerzen?«

»Sind zum Aushalten.«

Als sie ins Auto einstiegen, sagte Heinrich: »Wärst du sauer, wenn ich sagen würde, du bist feige?«

»Natürlich wär ich sauer, also sag's lieber nicht!«

4

Gegen 16 Uhr fuhren Carl Finkbeiner und Jenny Kreuters in den Wedding. Der Herdorfer Weg war ein kurzes Stück Straße mit nicht mehr als zehn Häusern auf jeder Seite, drei- und vierstöckige Gebäude, teils mit roh belassenen Backsteinfassaden, teils mit abbröckelndem Putz an den Mauern. Der Straßenbelag war voller Schlaglöcher. »Man hat das Gefühl, die Ecke hier ist seit Jahren vergessen worden«, sagte Carl nachdenklich.

Das Gebäude Nummer 7 war ein vierstöckiges Haus. An der Klingelleiste lasen sie fast nur ausländische Namen. Ein handgeschriebenes, verrutschtes Schildchen trug die Aufschrift ›Rolf Lehnert‹. »Versuchen wir's mal hier«, sagte Jenny und drückte den Klingelknopf. Nach einer ganzen Weile meldete sich eine männliche Stimme aus der Gegensprechanlage. »Ja, was ist?«

»Wir kommen wegen Aneta Mitrasca«, sagte Jenny.

»Kann jeder sagen!«

»Wir sind aber nicht jeder, sondern zwei Polizeibeamte des Landeskriminalamts. Machen Sie auf!«

Ein Schnarren ertönte, Finkbeiner drückte gegen die schwere Tür, die sich nur mit einiger Kraft aufstoßen ließ. Der Hausflur war vollgestellt mit Kinderwagen, Fahrrädern und einem Rollator. Das Licht im Treppenhaus funktionierte nicht. Nach der Anordnung der

Klingelschilder zu schließen, musste die Wohnung ganz oben liegen. Die beiden tasteten sich die Stufen hinauf bis in den vierten Stock.

In der geöffneten Wohnungstür stand ein dicker, etwa 50-jähriger Mann, der nur ein Unterhemd und eine schwarze Cordhose mit breiten Hosenträgern trug, wovon einer lose an der Seite herunterhing. Er hielt eine Bierflasche in der Hand. »Was wollen Sie?«

»Können wir reinkommen? Was wir zu sagen haben, ist nicht so ganz einfach. Ist Frau Mitrasca da?«

Der Mann trat zur Seite und ließ die beiden eintreten. Ein schmaler Flur. Links stand eine Tür offen. Dahinter war die Küche zu erkennen, ihr gegenüber lag offensichtlich das Badezimmer. Am Ende des Korridors wurde eine Tür geöffnet. Auf der Schwelle erschien eine Frau in Jeans und einem roten T-Shirt, das mindestens eine Nummer zu eng war. Die nackten Füße steckten in lilafarbenen Pantoffeln mit einem kleinen Absatz. Das Gesicht war ein wenig aufgedunsen und wirkte ungewöhnlich bleich, die grell geschminkten Lippen leuchteten deshalb besonders rot. Ihre ebenfalls roten Haare zeigten gut zwei Zentimeter grauen Nachwuchs. Offenbar war die Frau schon seit einiger Zeit nicht dazu gekommen, ihre Haare zu färben. Wenn sie das nicht selbst machte, sondern vom Friseur erledigen ließ, hatte sie ja nun auch keine Chance gehabt, da alle Friseurläden geschlossen waren, ging es Jenny durch den Kopf.

»Guten Tag, Frau Lehnert«, sagte Carl Finkbeiner.

»Mitrasca«, sagte sie. »Ich habe meinen Namen behalten.«

Der Mann in Finkbeiners Rücken schnaubte geringschätzig, sagte aber nichts.

»Wir haben leider keine guten Nachrichten«, sagte Finkbeiner.

»Kommen Sie rein, setzen wir uns.«

»Die gehen gleich wieder«, ließ sich Lehnert hören.

Das Wohnzimmer war karg eingerichtet, blitzte aber vor Sauberkeit. »Ihr Mann hat recht, wir wollen Sie nicht lange aufhalten«, sagte Finkbeiner.

»Ich kann Ihnen leider nichts anbieten. Außer Bier haben wir nichts im Haus«, erwiderte Frau Mitrasca. Sie bemühte sich erkennbar um einen gehobenen Konversationston.

»Ich hol mir noch eines«, sagte ihr Mann und ging in die Küche.

»Leider trinkt er zu viel. Er hat halt keine Arbeit.« Elena Mitrasca sprach fast fehlerfrei Deutsch mit einem starken Akzent.

»Sie kommen aus Moldawien, nicht wahr?«, fragte Jenny.

»Ja. Aber ich bin schon seit neun Jahren hier, und ich habe schon früher Deutsch gesprochen. Bitte, was bringt Sie hierher?«

Nun nahmen die beiden doch Platz. Frau Mitrasca setzte sich ebenfalls. Lehnert erschien wieder unter der Tür, das neue Bier in der Hand. Er drückte den Kronenkorken mit einem Feuerzeug vom Flaschenhals, steckte den Verschluss in seine Hosentasche und nahm einen großen Schluck, ohne das auf dem Tisch stehende Glas zu beachten.

»Ihre Tochter hatte einen Unfall.«

Frau Mitrascas Kopf fuhr ruckartig zu Finkbeiner herum. »Wo ist sie? Ist sie im Krankenhaus? Ich muss sofort zu ihr.«

»Wer weiß, wo die sich wieder rumgetrieben hat«, knurrte Rolf Lehnert und schickte seinen Worten einen leisen Rülpser hinterher.

»Es ist leider schlimmer«, sagte Jenny, die bemerkt hatte, wie schwer ihrem Kollegen das Reden gefallen war. »Ihre Tochter hat den Unfall nicht überlebt.«

Elena Mitrasca erhob sich langsam von der Couch. Sie starrte Jenny mit weit aufgerissenen Augen an. »Nein«, flüsterte sie kaum hörbar.

»Es tut uns leid.« Jenny trat auf Frau Mitrasca zu und griff nach deren Arm, aber Anetas Mutter machte einen schnellen Schritt zurück und entzog sich der Geste. Lehnert stellte seine Bierflasche auf den Tisch und kam zu seiner Frau herüber. Er fasste nach ihren beiden Händen, aber sie stieß ihn heftig von sich. »Geh weg, du … du … lass mich in Ruhe!« Sie schwankte.

»Setzen Sie sich wieder hin!«, sagte Carl Finkbeiner plötzlich in so entschiedenem Ton, dass Jenny ihn überrascht ansah.

Frau Mitrasca ließ sich in einen schmalen Sessel fallen, der der Couch gegenüberstand. »Wissen Sie, was Ihre Tochter gestern Abend vorhatte?«

Frau Mitrasca schüttelte den Kopf.

»Die hat uns schon lange nicht mehr gesagt, was sie macht«, ließ sich ihr Mann hören.

Seine Frau sah ihn an, öffnete den Mund, schloss ihn dann wieder und barg ihr Gesicht in den Händen.

»Immerhin …«, fuhr Lehnert fort, unterbrach sich dann aber.

»Was immerhin?«, fragte Finkbeiner.

»Sie hat wenigstens ein bisschen Geld abgedrückt. Wir sind ja beide Hartz-Vierer.«

»Das spielt doch jetzt keine Rolle«, fuhr seine Frau auf.

Jenny musterte Elena Mitrasca. Hatte Anetas Mutter eigentlich begriffen, was sie soeben erfahren hatte? Oft war Jenny Kreuters noch nicht dabei gewesen, wenn die Polizisten eine Todesnachricht überbringen mussten. Fast jeder ihrer Kollegen sagte, das sei das Schwerste an ihrem Job. Sie selbst fürchtete sich vor derartigen Situationen.

»Sagen Sie bitte, wie ist es passiert?« Der plötzlich sachliche Ton irritierte Jenny.

Carl Finkbeiner sprang ein. »Ihre Tochter war bei einer Party …«

»Gibt keine Partys«, meldete sich Lehnert. »Alles verboten. Man wundert sich ja, dass man zu Hause noch sein Bier trinken darf.«

»Sei du doch endlich still!«, herrschte seine Frau ihn an.

»Noch so ein Wort, und es setzt was!«, gab der wütend zurück.

»Nehmen Sie sich zusammen, Herr Lehnert, ja!«, rief Carl Finkbeiner in scharfem Ton und wandte sich wieder an die Frau: »Es muss dort schon etwas Schlimmes passiert sein. Jedenfalls ist Ihre Tochter Aneta fluchtartig davongerannt. Offenbar völlig kopflos. Sie ist auf der Hagenstraße in Wilmersdorf dann direkt in ein Auto gelaufen.«

Leise sagte Frau Mitrasca: »Und sie ist wirklich tot?«

»Ja. Wir müssen Sie leider bitten, Ihre Tochter zu identifizieren.«

»Also kann es auch eine ganz andere sein?«

Jenny sah die Frau überrascht an. Der Gedanke war nur logisch.

»Es ist bestimmt eine andere. Ich komme gleich mit. Sie werden sehen, Aneta ist das nicht.«

Lehnert fuhr mit der flachen Hand in einer Scheibenwischbewegung vor der Stirn hin und her, was Jenny bewog zu sagen: »Ihre Frau hat recht. Wir brauchen Gewissheit.«

»Okay«, sagte Rolf Lehnert und zu seiner Frau: »Soll ich mitkommen?«

Sie stand auf, ruckte in den Schultern, zog ihr viel zu enges T-Shirt über den Hosenbund und sagte in eiskaltem Ton: »Untersteh dich! Du bleibst hier! Bier ist ja noch genug im Kühlschrank.«

»So redest du nicht mit mir!«, gab er wütend zurück.

Aber niemand achtete mehr auf ihn. Frau Mitrasca schlüpfte in ein Paar Pumps, warf sich eine Jacke über und verließ mit den beiden Beamten die Wohnung.

Carl Finkbeiner saß am Steuer. Immer wieder gähnte er, versuchte aber, sich die aufsteigende Müdigkeit nicht anmerken zu lassen. Jenny Kreuters hatte neben Frau Mitrasca im Fond Platz genommen.

»Sie und Ihr Mann sind also beide arbeitslos?«

Frau Mitrasca nickte nur.

Draußen hatte es schon wieder zu regnen begonnen.

»Hatten Sie denn in Moldawien Arbeit?«

»Ja. Ich war Lehrerin. Umgerechnet 320 Euro habe ich im Monat verdient. Das bekommt eine Putzfrau hier in drei Tagen, wenn sie fleißig ist.«

»Haben Sie denn geputzt?«

»Nein.«

Finkbeiner musste das Tempo verringern. Der Regen war in einen heftigen Graupelschauer übergegangen, die Körner trommelten aufs Dach des Autos, die Scheibenwischer hatten Mühe, mit den herabstürzenden Wassermassen fertigzuwerden.

Bis sie endlich das Gerichtsmedizinische Institut erreichten, wurde nicht mehr gesprochen. Finkbeiner stoppte den Dienstwagen direkt vor dem Eingang. Mit eingezogenen Köpfen rannten sie durch den Regen die Stufen hinauf.

Jenny hatte Doktor Hauschild noch vom Herdorfer Weg aus angerufen und ihn gebeten, alles für die Identifizierung vorzubereiten. Der alte Gerichtsmediziner hatte sich bemüht, die Spuren der Verletzungen aus dem Gesicht der Toten, so gut es ging, zu tilgen.

Als die drei den gekachelten Raum im Untergeschoss

des Gebäudes betraten, lag die Leiche auf einem der Stahltische und war vollständig zugedeckt. Jenny fasste Frau Mitrasca behutsam am Ellbogen und führte sie zu dem Tisch. Hauschild hob die Decke vom Gesicht der Toten. Frau Mitrasca begann zu zittern, zunächst fast unmerklich, aber dann wurde es immer heftiger. Ihr ganzer Körper bebte und geriet in wilde Zuckungen. Jenny legte ihren Arm um die Schultern von Anetas Mutter, führte sie zur Seite und schob sie auf einen Stuhl, der an der gekachelten Wand stand. »Ruhig, ganz ruhig.«

Doktor Hauschild brachte ein Glas Wasser. Elena Mitrasca griff danach, zitterte aber so sehr, dass sie das Glas nicht festhalten konnte. Jenny nahm es ihr ab und setzte es an die Lippen der bedauernswerten Frau. Nach ein paar Schlucken beruhigte sich Frau Mitrasca ein wenig. Sie stieß etwas in ihrer Muttersprache hervor und fiel dann ins Deutsche. »Mein armes Kind! Mein armes Kind! Ich bin schuld! Ich bin schuld! Ich bin schuld!«

Carl Finkbeiner setzte an, etwas zu sagen: »Das sind Sie nicht …«, unterbrach sich dann aber, weil er begriff, dass sie ihn nicht hörte. Er nickte dem Gerichtsmediziner zu. Doktor Hauschild deckte die Leiche wieder zu.

Widerstandslos ließ sich Elena Mitrasca von Jenny hinausführen. Carl Finkbeiner blieb noch einen Moment. »Der Tod ist durch den Unfall eingetreten, die anderen Verletzungen hätte sie überlebt«, sagte der Arzt.

Der Regen hatte so abrupt aufgehört, wie er begonnen hatte.

Als die drei wieder im Auto saßen, sagte Jenny: »Wir bringen Sie
nach Hause.«

»Nein, bitte nicht«, antwortete Frau Mitrasca.

»Wo möchten Sie denn hin?«

»Zu einer Freundin in Neukölln.«

»Sagen Sie mir bitte die Adresse?«, sagte Finkbeiner.

»Ich kann ein Taxi nehmen.«

»Kommt ja nicht infrage. Wir bringen Sie hin.«

»Na gut. Allerstraße 77.«

Ohne dass Jenny oder Carl Finkbeiner sie aufgefordert hätten, begann Frau Mitrasca plötzlich zu erzählen: »Als ich im Sommer 2011 nach Deutschland kam, hatte man mir versprochen, ich könnte wegen meiner guten Sprachkenntnisse als Lehrerin arbeiten. Deutsch für Ausländer. Das war alles gelogen. Man hat mir übel mitgespielt. Plötzlich war mein Pass weg, von einem Job war nicht mehr die Rede. Das wenige Geld, das ich hatte, wurde mir gestohlen. Ich stand vor dem Nichts. Ich konnte nicht einmal nach Moldawien zurück. Sie können sich meine Notsituation nicht vorstellen.«

Jenny hätte gerne gesagt, dass sie das sehr wohl könne. Es war nicht das erste Mal, dass sie mit einer Frau redete, die auf diese Weise gezwungen worden war, sich zu prostituieren. Aber sie sagte nichts.

In der Allerstraße stieg Jenny als Erste aus, öffnete Frau Mitrasca die Tür und begleitete sie zu dem Haus.

»Sie können mich jederzeit anrufen, wenn Sie Hilfe brauchen oder uns etwas mitteilen wollen«, sagte sie und reichte der Moldawierin ihre Karte.

»Danke, das ist sehr nett!« Elena Mitrasca fuhr mit dem Handrücken über ihre Augen und verwischte mit ihren Tränen die Wimperntusche. »Ich hätte niemals zulassen dürfen, dass sie nach Deutschland kommt«, sagte sie und drückte auf eine Klingel neben der Haustür. »Aber ich bin ja selbst schuld. Ich hab in meinen Briefen so sehr gelogen!« Die Tür sprang mit einem knarrenden Ton auf. Frau Mitrasca drückte mit beiden Fäusten gegen das Holz und verschwand in einem dunklen Korridor.

Als sich Jenny Kreuters auf den Beifahrersitz des Dienstwagens fallen ließ, sagte sie zu Carl: »Die Frau tut mir leid.«

Keine Antwort.

Sie sah zu ihm hinüber. Er war fest eingeschlafen. Ein leichter Rippenstoß brachte ihn wieder zu sich. »Menschenskind, ich war wohl total weg«, rief er leicht verwirrt.

»Steig um, lass mich fahren!«

»Nein, es geht schon.«

Entschlossen zog Jenny den Zündschlüssel ab und barg ihn in ihrer Faust. »Bitte, Carl!«

»Okay«, brummte er. »Du hast ja recht!«

Sie tauschten die Plätze, und Jenny fuhr los. »Kein Wunder«, sagte sie, »du bist jetzt seit 39 Stunden im Dienst, und dauernd ist was los.«

Er antwortete nicht. Wenige Augenblicke später war ein leises Schnarchen zu hören. Jenny langte zu ihm hinüber und legte für einen Moment ihre rechte Hand zärtlich in seinen Nacken.

5

Mittwoch, 13. Mai 2020

Bevor Peter Heiland ins Präsidium fuhr, rief er die Abteilungssekretärin an, die immer als Erste im Büro war, und bat sie, alle Berliner Tageszeitungen zu besorgen und auf seinen Tisch zu legen.

Weder in der *BILD-Zeitung* noch im *Tagesspiegel* noch in der *Morgenpost* noch in der *BZ* fand er einen Bericht des Journalisten Konnert. Aber immerhin veröffentlichten alle Blätter das Foto, das die Polizeipressestelle ihnen zur Verfügung gestellt hatte. Die Bildunterschriften sagten jedoch lediglich aus, dass die junge Frau Opfer eines Verkehrsunfalles geworden sei und nicht habe identifiziert werden können.

Am Nachmittag versammelte Peter Heiland seine Mitarbeiter in seinem Büro um sich. Carl Finkbeiner berichtete von dem Besuch bei Lehnert und Frau Mitrasca, und Jenny schilderte die Identifizierung der Leiche durch die Mutter der Getöteten. Meier meinte: »Das ist eigentlich kein Fall mehr für uns. Ein Mord liegt ganz offensichtlich nicht vor.«

Heiland wiegte den Kopf hin und her. »Was in der Nacht passiert ist, könnte man als Körperverletzung mit Todesfolge sehen. Wissen wir inzwischen irgendetwas über Holm Bergmeister?«

Meier schüttelte den Kopf.

»Und hast du diesen Fritz Konnert erreicht?«

»Ich habe es mit der Telefonnummer auf seiner Visitenkarte mindestens 50-mal versucht, aber es meldet sich immer nur sein Anrufbeantworter. Und in den Zeitungsredaktionen, in denen ich angerufen habe, hieß es unisono: Der arbeitet nicht mehr für uns.«

»Seltsam«, sagte Peter Heiland. »Ich werde mal die Firma Bergmeister aufsuchen. Carl und Norbert fahren nach Neukölln in die Schillerpromenade.«

»Und was machen wir dort?«, fragte Meier.

»Da wohnt dieser Journalist«, sagte Carl Finkbeiner.

Die Schillerpromenade in Neukölln erwies sich als eine eher heruntergekommene Straße entlang alter Häuser, die so aussahen, als seien sie jahrzehntelang sich selbst überlassen geblieben. Rustikale Eckkneipen, die sonst vor allem Biertrinker anzogen, lagen verwaist da. Auf den Gehsteigen standen noch vereinzelte Biertische und -bänke mit Zetteln in Klarsichtfolien, auf denen stand: ›Nicht benutzen.‹ Meier erinnerte sich, dass in normalen Zeiten die Straßenecken mit Motorrädern in allen Größenordnungen vollgestellt waren. »Wenn solch ein Kiez nicht belebt ist, wirkt er echt traurig«, sagte er. Auch der rechteckige Spielplatz in dem schmalen Park zwischen den Fahrbahnen war leer.

Neben einer Tür, deren grüne Farbe weitgehend abgeblättert war, fanden sie ein Klingelschild, darüber war mit einer Reißzwecke die gleiche Visitenkarte angepinnt, die Meier in der Hand hielt. Die Wohnung lag offenbar im Erdgeschoss. Meier stieß probehalber mit dem Fuß gegen die Haustür. Sie schwang ohne Weiteres nach innen auf. Die beiden Kommissare betraten den dunklen Flur, der aufgeräumt und ordentlich geputzt war. An der rechten Wohnungstür klebte noch eine von Konnerts Visitenkarten. Auf ihr Klingeln und Klopfen kam keine Antwort.

Finkbeiner und Meier traten wieder auf die Straße hinaus. »Man kann nicht mal in einer der Kneipen nach ihm fragen«, brummte Meier schlecht gelaunt. Finkbeiner deutete auf ein Schaufenster in einem Nachbarhaus. Die plakatgroße Titelseite einer Zeitung hing hinter der Glasscheibe: *Kiez & Kneipe – Zeitung für Neuköllner von Neuköllnern.* Links neben dem Schaufenster war eine schmale Tür, in deren Rahmen eine Klingel. Meier drückte auf den Knopf. Wenig später wurde die Tür geöffnet. Eine schmale Frau um die 50 trat heraus und sah die beiden Männer fragend an.

»Was ist denn das für eine Zeitung?«, fragte Finkbeiner, während er in seiner Jackentasche nach seinem Dienstausweis suchte.

»Kommen Sie rein, ich erklär's Ihnen.«

Sie betraten einen Raum, Teil einer schmalen ehemaligen Wohnung mit zwei hintereinanderliegenden Zimmern, die zu einem Büro umgestaltet worden waren. In einer Ecke stand ein typischer Goldschmiedetisch mit der runden Einbuchtung und der Leinentasche darunter, um die Metallabriebe aufzufangen. Drei Schreibtische mit einfachen Stühlen ergänzten das Mobiliar.

Die Frau, die sich als Herausgeberin und Chefredakteurin der Zeitung erwies, erklärte: »Wir sind hier ein Kollektiv. Alle arbeiten kostenlos. Jeder hat einen anderen Beruf. Allerdings haben einige zurzeit keine Arbeit. Das ist eine Gegend, wo man füreinander einsteht und, wo immer es geht, dem anderen hilft. Die Zeitung machen wir gemeinsam, und wir schreiben in unserer Zeitung nur über lokale Themen, also Geschichten hier aus Neukölln.«

»Was kostet die denn?«, fragte Meier.

»Nichts. Wir finanzieren uns nur durch Anzeigen. Manchmal kommen kleine Spenden. Und wir vertreiben *Kiez & Kneipe* selbst, indem wir sie in Restaurants, Cafés, Bars und allen möglichen Geschäften verteilen.«

»Und davon kann man leben?«, fragte Finkbeiner.

Die Redakteurin lachte. »Nein, das kann man nicht, aber es macht Spaß, und wir finden, es ist wichtig, eine unabhängige Stimme unter die Leute zu bringen. Kaffee?«

»Wir haben eigentlich nur eine kurze Frage«, sagte Finkbeiner.

»Aber ich könnt' einen Kaffee gebrauchen«, meldete sich Meier, der inzwischen eine der Zeitungen im DIN-A4-Format in die Hand genommen und aufgeblättert hatte.

Während die Frau Kaffee in drei Becher goss, fragte Finkbeiner: »Sie kennen doch sicher ’ne Menge Leute hier im Viertel.«

»Die meisten, warum?«

»Wir sind auf der Suche nach Fritz Konnert. Wenn man so will, ein Kollege von Ihnen.«

»Ach, der?« Sie stellte die Kaffeebecher auf einen der Schreibtische und holte aus einem Regal einen Zuckerspender und ein Döschen Kondensmilch. »Bitte, bedienen Sie sich.« Erst jetzt sah sie sich den Polizeiausweis an, den Finkbeiner noch immer in der Hand hielt. »Sind Sie echt von der Polizei?«

»Ja, Landeskriminalamt. Wir ermitteln in einem Fall, in dem Herr Konnert vielleicht eine Rolle spielt. Leider haben wir ihn nicht angetroffen.«

»Ich weiß nicht, wann der überhaupt mal da ist. Als er eingezogen ist, war er kurz hier, hat sich vorgestellt und sogar angeboten, gelegentlich etwas für uns zu schreiben. Ich hab mich dann erkundigt und festgestellt, dass er tatsächlich ein Profi ist. Aber seitdem ist er nie wieder hier aufgetaucht. Mal an einem Abend, als wir draußen auf der Straße ein kleines Fest gefeiert haben, das war noch vor der Coronakrise, ist er vorbeigekommen, hat aber nur ein Glas Wein im Stehen getrunken und ist dann gleich wieder verschwunden.«

Finkbeiner lächelte. »Normalerweise sagen wir am Ende eines Gesprächs, Sie haben uns sehr geholfen, aber das trifft nun leider in diesem Fall nicht zu. Dürfen wir eine Zeitung mitnehmen?«

»Ja, klar!« Die Redakteurin brachte die beiden Beamten zur Tür. »Tut mir leid, dass ich Ihnen nicht helfen konnte.«

Die Firma *Bergmeister, Ex- und Import* residierte im dritten Stock eines ansehnlichen Hauses aus der Gründerzeit, das, eingeklemmt zwischen zwei Neubauten aus jüngster Zeit, in der Glinkastraße stand, einer Parallelstraße zur Friedrichstraße in Berlin Mitte. Ein goldglänzendes Schild, nicht größer als ein DIN-A4-Blatt, wies auf die Firma hin. Heiland klingelte. »Ja bitte?«, hörte er eine weibliche Stimme. Auf einem Bildschirm neben der Klingelleiste, nicht größer als ein Tablet, entdeckte er das Gesicht einer Frau und sah im gleichen Moment die kaum erkennbare Kamera daneben, unter der ein Lämpchen rot blinkte. Er hielt seinen Polizeiausweis vor das kleine Objektiv und sagte: »Peter Heiland, Landeskriminalamt. Ich muss mit Herrn Bergmeister oder einem seiner Mitarbeiter sprechen.«

»Herr Bergmeister …«

»Ja, ich weiß, er soll im Ausland sein, aber irgendwer wird ihn ja wohl vertreten.« Darauf bekam er keine Antwort. Die Tür sprang mit einem leisen Klacken auf. Peter Heiland stieg, den Aufzug ignorierend, über glänzende Marmorstufen durch das imponierende Treppenhaus hinauf in den dritten Stock. Im Hochparterre kam er an einer Zahnarztpraxis vorbei, fasste sich an die schmerzende Wange und überlegte kurz, ob er nach seinen Ermittlungen im Büro Bergmeisters fragen sollte …, aber da las er: ›Privatpraxis, Termine nur nach Vereinbarung‹. Im Stockwerk darüber befand sich die Redaktion einer Wirtschaftszeitschrift. So etwas nannte man wohl eine erste Adresse.

Die breite Glastür öffnete sich in dem Moment, als er auf sie zutrat. Der Boden des Empfangsraums bestand aus dem gleichen Marmor wie die Stufen im Treppenhaus. An den mattweiß lackierten Wänden hingen großformatige Schwarz-Weiß-Fotos exotischer Landschaften. Auf einem der Bilder fuhr ein Panzer, eine gewaltige Staubfahne hinter sich herziehend, durch ein Wüstengebiet.

Die Dame hinter dem Empfangstresen sah dem Kommissar entgegen. Sie schien wie geschaffen für dieses Ambiente. Ein ebenmäßiges, glattes Gesicht, strenge Frisur, klare blaue Augen, makellose Figur, gekleidet in einen schmalen knielangen schwarzen Rock und eine hochgeschlossene weiße Bluse. Alter zwischen 30 und 50 Jahren, schwer zu bestimmen. »Also ich weiß nicht, ob ich Ihnen helfen kann«, sagte sie, ohne seinen Gruß zu erwidern.

»Vielleicht kann es ja jemand anderer.« Peter Heiland packte sein charmantestes Lächeln aus, das freilich ohne jede Wirkung blieb. »Wer vertritt denn Herrn Bergmeister? Sein Sohn vielleicht?«

Das ausdruckslose Gesicht der Frau veränderte sich ganz kurz. Sie verzog die schmalen Lippen zu einem höhnischen Grinsen. »Wie kommen Sie denn da drauf?«

»Nun, das Alter hätte er ja wohl.«

»Möglich.« Die Empfangsdame hatte ihre distanzierte Haltung vom Anfang wieder zurückgewonnen. »Frau Doktor Liesenbrink ist wohl die Einzige, die für Ihr Anliegen infrage kommt.«

Heiland musste unwillkürlich lächeln. Die Frau sah ihn aufmerksam an. »Was amüsiert Sie daran?«

»Nun, für mich ist es das erste Mal, dass jemand eine polizeiliche Ermittlung ein ›Anliegen‹ nennt. – Welche Funktion hat denn Frau Liesenbrink?«

»Frau *Doktor* Liesenbrink«, verbesserte die Empfangsdame, »ist die persönliche Referentin des Chefs und hat Prokura.«

Sie griff nach ihrem Telefon, und als sie Verbindung hatte, sagte sie: »Melanie, da ist ein Polizist, der eigentlich Herrn Bergmeister sprechen wollte ... Gut, ich bringe ihn vorbei. – Kommen Sie!« Sie ging auf ihren hochhackigen Schuhen mit leicht ausgestellten Füßen, die rechte Hüfte ein wenig vorgeschoben, voraus. Alles an ihr schien perfekt zu sein, auch dieser leichte, rhythmische Gang. Vor einer Tür hielt sie an, klopfte kurz und betrat, ohne auf ein »Herein« zu warten, das Büro. Heiland folgte ihr.

Frau Doktor Liesenbrink, seiner Schätzung nach Mitte 40, erhob sich hinter einem gläsernen Schreibtisch. Sie war hochgewachsen, nicht viel kleiner als Heiland, der immerhin ein Meter 94 maß. Sie trug einen eleganten roten Hosenanzug mit einem T-Shirt in einem helleren Rot darunter. Ihre braunen Haare fielen in einer unscheinbaren Bubikopf-Frisur um ein schmales Gesicht, das erkennbar nicht geschminkt war. Die schmalen Lippen waren nicht viel mehr als ein Strich, die gerade Nase ein klein wenig zu lang. Ihre dunklen Augen wirkten durch die Gläser einer randlosen Brille unnatürlich groß. Frau Doktor Liesenbrink reichte dem Kommissar die Hand.

Die Empfangsdame ging wortlos wieder hinaus und zog die Tür leise hinter sich ins Schloss.

»Jetzt bin ich gespannt«, sagte die Prokuristin und wies auf einen Besucherstuhl vor ihrem Schreibtisch. Sie setzte sich erst wieder, als Heiland Platz genommen hatte. »Erzählen Sie!«

Einen Augenblick zögerte der Kommissar. Diese Frau war offensichtlich gewohnt, sofort das Heft in die Hand zu nehmen. Aber dann berichtete er betont sachlich und kurzgefasst, was in der Nacht zum Dienstag geschehen war. Er schloss: »Also, alles deutet darauf hin, dass in der Villa von Herrn Bergmeister eine wilde Party gefeiert wurde, dass es zu sadistischen Handlungen an der jungen Frau gekommen ist, dass sie in wilder Panik floh und in diesem Zustand in das Auto rannte.«

»Danke!«, sagte Frau Liesenbrink, als habe sie die Stellungnahme eines Mitarbeiters in einer Arbeitssitzung entgegengenommen. »Und was erhoffen Sie sich nun von mir?«

»Können Sie Ihren Chef erreichen?«

»Ja, selbstverständlich, wenn es wirklich notwendig ist.«

»Es ist notwendig.«

»Warum?«

»Erschließt sich Ihnen das nicht?«

»Nein, keineswegs. Herr Bergmeister hat ja ganz offensichtlich mit dem ganzen Geschehen nichts zu tun.«

»Er selbst nicht, aber vermutlich sein Sohn Holm.«

»Die beiden haben nur wenig Kontakt.«

»Das wissen wir. Trotzdem ...«

»Woher wissen Sie das?« Die Frage kam scharf.

»Von Fritz Konnert, einem Journalisten, der offensichtlich mit der Familie, oder sagen wir besser mit Herrn Bergmeister, befreundet ist.«

»Behauptet er das?«

»Er hat ausgesagt, er spiele regelmäßig Tennis mit Ihrem Chef.«

»Soso.«

»Stimmt es denn nicht?«

»Woher soll ich das wissen?«

Heiland ging nicht weiter darauf ein. »Wenn ich Sie dann bitten dürfte, Ihren Chef anzurufen. Er befindet sich ja offenbar zurzeit im Ausland.«

Frau Doktor Liesenbrink sagte nichts dazu, nahm ein Handy vom Tisch, wählte eine Nummer und hatte fast sofort Verbindung. »Herr Bergmeister, hier ist ein Polizeibeamter, der Sie unbedingt persönlich sprechen will.« Sie hörte einen Moment zu und reichte dann Peter Heiland den Hörer über den Tisch.

»Hauptkommissar Peter Heiland, Landeskriminalamt. Ich ermittle in einem Todesfall. Das Opfer – es ist eine junge Frau aus Moldawien – also sie hat kurz vor ihrem Tod in Ihrem Haus im Pflasterweg an einer Party teilgenommen, ist dort schwer verletzt worden, rannte in Panik aus dem Haus und auf der Hagenstraße in ein Auto. Der Unfall war tödlich, die vorausgegangenen Verletzungen waren es nicht.«

Heiland hörte ein Schnauben, dann eine raue männliche Stimme: »Und das werfen Sie mir hier alles so an den Kopf. Was habe ich damit zu tun?«

»Ich sagte bereits, das Opfer kam aus Ihrer Villa. Wir sind gezwungen zu ermitteln, was dort genau passiert ist, und müssen eine Hausdurchsuchung durchführen. Die dafür notwendige richterliche Durchsuchungsanordnung ist beantragt. Es wäre gut, Sie könnten dabei sein. Wenn das in Anbetracht der augenblicklichen Umstände nicht möglich ist, sollten Sie jemanden bevollmächtigen, der während der Hausdurchsuchung als Ihr Vertreter anwesend ist.«

Ein paar Augenblicke blieb es still am anderen Ende der Leitung. Dann ein Räuspern. »Das kommt alles so überraschend. Warten Sie …« Wieder eine längere Pause, dann sagte Bergmeister. »Ich werde Rechtsanwalt Doktor Plahuta bitten, sich bei Ihnen zu melden. Sie können dann einen Termin mit ihm vereinbaren.«

»Tut mir leid, den Termin bestimmen wir. Ich gebe Ihnen meine Dienstnummer und die Nummer meines Mobiltelefons. Der Rechtsanwalt soll sich umgehend bei mir melden.« Heiland gab die Zahlen durch und sagte dann rasch: »Eine Frage noch, was sagt Ihnen der Name Fritz Konnert?«

»Er hat mal für mich gearbeitet, aber das ist länger her. Wir haben keinen Kontakt mehr.«

»Herr Konnert sagt etwas ganz anderes.«

Bergmeister lachte kurz auf. »Der redet viel, wenn der Tag lang ist. War's das?«

»Nicht ganz. Wie finden wir Ihren Sohn Holm?«

»Das wüsste ich auch gerne. Guten Tag, Herr Kommissar.« Am anderen Ende wurde aufgelegt.

Peter Heiland reichte das Handy zurück und sah die Prokuristin fragend an. »Kennen Sie Holm Bergmeister?«

»Aber ja, natürlich.«

Peter Heiland legte seine Stirn in nachdenkliche Falten. »Wir können ihn nicht finden. Er scheint spurlos verschwunden zu sein.«

»Tja, da kann ich Ihnen leider auch nicht weiterhelfen.« Frau Doktor Liesenbrink erhob sich, ging zur Tür und öffnete sie. Peter Heiland ging mit einem kurzen Kopfnicken an ihr vorbei. Die Prokuristin schloss die Tür rasch hinter ihm.

Am Empfangstresen blieb der Kommissar noch mal kurz stehen. Die Empfangsdame sah auf. »Ist noch was?«

»Duzen sich alle Mitarbeiter hier, oder gilt das nur für Sie und Frau Doktor Liesenbrink?«

»Was geht Sie das an?«

Peter Heiland lächelte. »Solang wir ermitteln, geht uns grundsätzlich alles etwas an.«

Ohne ihren Gesichtsausdruck zu verändern, sagte die Frau hinter dem Tresen: »Ich verweigere die Aussage.«

Am späten Nachmittag meldete sich Rechtsanwalt Plahuta telefonisch, um zu fragen, wann die Hausdurchsuchung stattfinden solle.

»Gleich morgen früh gegen 9 Uhr«, beschied ihn Peter Heiland.

6

Donnerstag, 14. Mai 2020

Als Peter Heiland Punkt 9 Uhr an der Villa im Pflasterweg klingelte, öffnete sich fast gleichzeitig die Haustür. Ein Mann in einem weißen Leinenanzug trat heraus. Er war fast so groß wie der Kommissar, eine imponierende Erscheinung, breitschultrig, mit einem mächtigen Schädel und einem Schnauzbart, der die Lippen bedeckte. Das ist einer von denen, die sofort alle Aufmerksamkeit auf sich ziehen, wenn sie irgendwo erscheinen, ging es Peter Heiland durch den Kopf.

Aus dem Mannschaftswagen stiegen sechs Polizisten und reihten sich hinter Heiland auf.

»Sind Sie Rechtsanwalt Plahuta?«

»Nein, mein Name ist Frank Ulrich Bergmeister.«

»Ach! Ich denke, Sie sind in Belgien.«

»War ich auch.«

»Heißt das, Sie sind über Nacht nach Deutschland zurückgekehrt? Die Grenzen sind geschlossen, wenn mich nicht alles täuscht.«

»Es gibt immer einen Weg. Ich bin in den letzten Tagen mehrfach getestet worden. Ich bin nicht ansteckend. Und wie ich nach Deutschland zurückgekommen bin, muss ich Ihnen nicht sagen.«

»Im Augenblick noch nicht«, gab Peter Heiland zurück, »kann sich aber ändern.«

Bergmeister verzog keine Miene. »Die Durchsuchungsanordnung, bitte!«

Heiland reichte dem Hausherrn das Papier des Gerichts.

»Na gut, dann kommen Sie herein.«

Peter Heiland ging zielgerichtet durch den Eingangsbereich und in das geräumige Gartenzimmer, in dem die Party in der Nacht zum Dienstag stattgefunden hatte. Alles war picobello aufgeräumt und geputzt.

Heiland gab den Kollegen ein Zeichen, sie sollten mit der Durchsuchung beginnen. »Wir gehen sorgfältig und behutsam vor«, erklärte er dem Hausbesitzer.

»Davon gehe ich aus. Wollen wir uns setzen?« Bergmeister ging voraus in den Salon.

Heiland drehte sich um sich selbst und musterte den Raum. »Ich bin schon früher einmal hier gewesen«, sagte er mehr zu sich selbst als zu Bergmeister.

»Letzten Dienstag. Das sagten Sie bereits.«

»Nein, nein, früher schon.«

»Nicht, solang ich das Haus bewohne.«

»Und wie lange wohnen Sie hier?«

»Ziemlich genau zehn Jahre.«

Heiland schüttelte den Kopf und verscheuchte den Gedanken. »Dienstag sah es hier ganz anders aus. Es muss am Abend zuvor eine wilde Feier gegeben haben.«

»Ja, auch das sagten Sie bereits am Telefon. Ich habe eine sehr zuverlässige Haushaltshilfe.«

»Ist sie im Haus?«

»Nein.«

»Dann hätte ich gerne ihren Namen und die Adresse.«

Wortlos nahm Bergmeister einen Notizblock und einen Stift vom Couchtisch, notierte das Gewünschte, riss das Blatt ab und reichte es dem Kommissar.

Danach setzte er sich in einen Sessel. »Leider kann ich meinen Sohn nicht erreichen, und die Leute, die er ins Haus gezogen hat, kenne ich nicht. Es ist schrecklich, wenn einer so aus dem Ruder läuft. – Haben Sie Kinder?«

»Ja, einen kleinen Sohn, sieben Jahre alt.«

»Holm war so ein sonniges Kind. Er hat uns unheimlich viel Freude gemacht. Aber als dann meine Frau ...«, er unterbrach sich.

»Ich habe von dem Suizid gehört«, sagte Peter Heiland.

»Er hat mir die Schuld gegeben.« Bergmeister schüttelte den Kopf. »Ich verstehe es immer noch nicht. Er war da doch schon längst ein erwachsener Mann. Diese Hasstiraden!«

Der Kommissar wusste nicht, was er dazu sagen sollte, also schwieg er.

Frank Ulrich Bergmeister saß nach wie vor in lässiger Haltung in dem Sessel. Auch sein Gesicht hatte sich nicht verändert. »Es war nicht meine Schuld. Annemarie – meine Frau – war schwer depressiv. Ihr Therapeut sagte, er habe es kommen sehen und doch nichts dagegen unternehmen können.«

Peter Heiland glaubte das nicht. Er war überzeugt davon, dass man mit der richtigen Betreuung einen Menschen durchaus von so einem Entschluss abbringen konnte.

»Wann genau ist denn Ihre Frau gestorben?«

»Am 22. Juni 2017. Sie hat eine Überdosis *Digitalis* genommen, das sie über Wochen gehortet hatte, ohne dass ich es gemerkt habe. Warum wollen Sie das denn wissen?«

»Nur so«, sagte Peter Heiland lahm. »Wir sprachen über Ihren Sohn Holm.«

»Plötzlich wurde er kriminell«, fuhr Bergmeister fort. »Das waren lauter Aktionen, nur um mich in Misskredit zu bringen. Er war dann in einer psychiatrischen Klinik. Aber nach der Behandlung dort hat er es noch schlimmer getrieben. Und immer musste ich ihn aus diesen schrecklichen Situationen heraushauen. Wenn ich nicht so viel Einfluss hätte …« Er unterbrach sich. In Peter Heilands Kopf war plötzlich wieder das Lied Helmut Qualtingers, das Norbert Meier zitiert hatte: »Der Papa wird's scho richten …«, und er vervollständigte die Liedzeilen in Gedanken: »… das g'hört zu seinen Pflichten, dafür ist er ja da.«

Bergmeister stand auf. »Na, wie auch immer. Jetzt hat er mir mit dieser Party und ihren Folgen wieder so ein Ding eingebrockt.« Er zündete sich eine Zigarette an. »Ich hätte längst alle Schlösser auswechseln müssen.«

Die Polizeibeamten des Suchtrupps meldeten sich

nacheinander, um mitzuteilen, dass sie nichts gefunden hätten.

»Was suchen Sie überhaupt?«, fragte Bergmeister.

»Die junge Frau ist sadistisch gequält worden, bevor sie aus dem Haus fliehen konnte. Der Gerichtsmediziner konnte die Verletzungen ziemlich genau deuten. Sie müssen mit bestimmten Gegenständen herbeigeführt worden sein.«

»Ach so. Diese Werkzeuge suchen Sie?«

Peter Heiland nickte.

»Da werden Sie in meinem Haus nichts finden.«

Ohne etwas dazu zu sagen, stand Peter Heiland auf. »Welche Geschäfte betreiben Sie eigentlich mit Ihrer Firma?«

»Ich weiß nicht, ob Sie das etwas angeht, glaube aber eher nicht.«

7

»Wir kennen uns doch!« Carl Finkbeiner starrte den jungen Polizeibeamten kurz an.

»Ja, so ein Zufall, nicht wahr? Wir haben den Unfall in der Hagenstraße aufgenommen, und ich war mit Ihnen in der Villa Bergmeister.«

»Klar, Mann. Ich erinnere mich. Und jetzt haben Sie den Toten gefunden?«

»Ja, exakt um 13.40 Uhr. Kommen Sie!«

Polizeimeister Brombacher ging voraus. Sie befanden sich mitten im Tiergarten zwischen der Straße des 17. Juni und der Tiergartenstraße. »Eine Joggerin hat uns angehalten, als wir vom Großen Stern her Richtung Brandenburger Tor gefahren sind. Sie hat die Leiche entdeckt«, rief der junge Schutzpolizist über die Schulter.

Brombacher bog in einen schmalen Weg ein. »Wir haben natürlich nichts verändert, nur abgesperrt. Mein Kollege passt auf.«

In einem Halbrund, das durch dichtes Buschwerk begrenzt war, stand eine Parkbank. Auf dieser Parkbank saß ein Mann. Er trug Jeans und einen Parka. Vor seinen Füßen lag eine Pistole im Sand.

»Sieht nach Selbstmord aus«, sagte Brombacher.

Im Hintergrund erschienen die Beamten der Spurensicherung.

Carl Finkbeiner trat nahe heran und beugte sich weit vor. Das Geschoss war in die linke Schläfe eingedrungen und rechts oben am Hinterkopf wieder ausgetreten.

Meier kam hinzu, zog Plastikhandschuhe über seine Hände und fasste vorsichtig in die Innentasche der Jacke des Toten. Er zog eine Brieftasche heraus und klappte sie auf. Der Personalausweis steckte in einem der Fächer für Kreditkarten. Bevor er dazu kam, die Personalien vorzulesen, sagte Carl Finkbeiner: »Fritz Konnert, Journalist. Von Person bekannt.«

Meier sah auf. »Sag bloß!«

Finkbeiner hatte in der gleichen Zeit sein Handy hervorgeholt und Peter Heilands Nummer gewählt. »Wir haben Konnert gefunden. Tot. Im Tiergarten. Sieht nach Selbstmord aus … muss es aber nicht sein.«

»Warum?«, fragte Peter Heiland reflexartig.

»Weil der Schuss von links in die linke Schläfe ging, die Pistole aber neben seinem rechten Fuß liegt. Es ist eine *Glock*.«

»Ein österreichisches Fabrikat«, wusste Heiland.

»Ja, genau. Es kann übrigens nicht lange her sein. Die Leichenstarre ist noch nicht eingetreten. Ich denke mal, er wurde so zwischen 13 und 14 Uhr erschossen.«

Peter Heiland schaute auf seine Uhr. Es war kurz vor 15 Uhr.

»Bist du denn noch bei Bergmeister?«, fragte Finkbeiner.

»Ich habe das Haus gerade verlassen, aber ich geh jetzt noch einmal zurück.«

Diesmal dauerte es lange, bis nach dem Klingeln die Tür geöffnet wurde.

»Was ist denn noch?«, herrschte der Hausherr den Kommissar an.

»Ich muss Sie noch einmal zu Fritz Konnert befragen.«

»Muss das jetzt sein? Das hat doch bestimmt noch Zeit.«

»Nein, leider nicht. Meine Kollegen haben soeben seine Leiche gefunden. Erschossen im Tiergarten.«

»Erschossen, sagen Sie?«

»Ja, mit einer österreichischen Pistole …«

Der Hausherr zog seine Augenbrauen zu Dreiecken hoch, schob den Kopf nach vorne und starrte dem Kommissar ins Gesicht. »Mit einer *Glock*?«

Peter Heiland hob überrascht den Kopf. »Ja, in der Tat!«

»Kommen Sie!«

Frank Ulrich Bergmeister drehte sich abrupt um und stürmte ins Haus. Heiland folgte ihm bis ins Arbeitszimmer, dort zog der Hausherr eine Schublade an seinem Schreibtisch auf, holte einen leichten schwarzen Karton heraus und nahm den Deckel ab. Der Blick fiel auf blauen Samt. Die Form zeigte klar, dass es das Bett für eine Pistole war.

Bergmeister atmete ein paarmal schwer aus und ein. »Die muss er am Wochenende mitgenommen haben.«

»Wer?«

»Na, Holm, mein Sohn, wer sonst?«

»Ihre Waffe?«

»Ja, natürlich meine Waffe. Eine *Glock* 19, 9 Millimeter. Und bevor Sie fragen: Ich habe selbstverständlich einen Waffenschein.« Er zog die mittlere Schublade des Schreibtisches auf und holte mit sicherem Griff das Dokument heraus. »Ich verfüge über mehrere Waffen. Früher war ich mal Jäger, aber zur Jagd komme ich nicht mehr.«

Peter Heiland sah Bergmeister an. »Ist Ihnen klar, dass Sie soeben Ihren Sohn als möglichen Mörder verdächtigt haben?«

»Das habe ich nicht.«

»Wenn die Tatwaffe sich als Ihre herausstellt, und Sie sagen, Ihr Sohn habe sie genommen …«

»Das nehme ich zurück. Kann ja jeder andere gewesen sein, der bei seiner Party dabei war.«

»Aber Sie halten es für möglich, dass Ihr eigener Sohn …«

»Man muss den Tatsachen ins Auge sehen. Mein Vater hat schon immer gesagt: Es ist eine Tugend, schwere Dinge mit sich selbst auszumachen.«

»Und Sie haben keine Idee, wo wir Holm finden könnten?«

»Nein! Ist sonst noch was?«

»Im Augenblick nicht.« Peter Heiland machte auf dem Absatz kehrt und ging grußlos hinaus.

Auf der Straße blieb er ein paar Augenblicke stehen, unschlüssig, was er als Nächstes tun sollte. Er fasste in seine Jackentasche und hatte den Zettel in der Hand, den er von Bergmeister bekommen hatte. Lydia Schlösser, die Zugehfrau des Unternehmers, wohnte in der Berkaer Straße. Das war nicht weit. Er hätte das Stück leicht zu Fuß gehen können, stieg aber in seinen Dienstwagen und fuhr die kurze Strecke, was er freilich sofort bereute, weil in der Nähe des Hauses weit und breit kein Parkplatz zu finden war. Er fuhr weiter bis zum Kolberger Platz und fand dort eine Möglichkeit, den Wagen abzustellen.

Frau Schlösser wohnte in einem Mehrfamilienhaus. Im Erdgeschoss befand sich ein *McPaper*-Schreibwarenladen. Man wundert sich schon gar nicht mehr, dachte der Kommissar, der Friseur heißt *Hair-Dresser*, einen Treffpunkt nennt man *Meeting Point* und Schlussverkauf heißt jetzt *Sale*. Frau Schlössers kleine Wohnung lag im vierten Stock, direkt unterm Dach. Sie schien nicht besonders überrascht zu sein, dass ein Polizist sie besuchte. »Kommen Sie ruhig rein«, sagte sie, »Sie haben Glück, dass ich da bin. Aber zurzeit darf ich bei den meisten Leuten nicht putzen. Die haben ja alle so eine Angst, dass sie sich das Coronavirus einfangen könnten. Dabei beachte ich alle Vorsichtsmaßnahmen so pingelig wie kaum jemand. Nehmen Sie doch Platz!« Sie wies auf einen von zwei Korbstühlen, die an einem runden Glastischchen unter einem Fenster standen. Heiland setzte sich. Sie selbst blieb stehen. »Kann ich Ihnen etwas zu trinken anbieten?«

»Danke, ich habe nur ein paar kurze Fragen.«

»Wegen Bergmeister, nehme ich an.«

»Stimmt! Aber wie kommen Sie darauf?«

»Na, so, wie die das getrieben haben am Wochenende, wo doch alle Zusammenkünfte verboten sind.«

»Na ja, Sie haben ja die Spuren getilgt. Wer hat Sie denn damit beauftragt?«

»Niemand.« Frau Schlösser setzte sich und schlug ihre Beine übereinander. »Ich putze dort immer dienstags ab 8 Uhr am Morgen. Und weil Herr Bergmeister so selten da ist, hab ich einen Schlüssel fürs Haus.«

»Es war ja wohl der Sohn, der in der Nacht zum Dienstag Party gemacht hat«, sagte Peter Heiland.

»Ich weiß es nicht.«

Der Kommissar sah Frau Schlösser überrascht an. »Wir sind bisher davon ausgegangen.«

Frau Schlösser, eine kleine Frau mit einem kräftigen, aber wohlproportionierten Körper und einem mädchenhaften ovalen Gesicht, wiegte den Kopf hin und her. »Ich glaube, eher nicht.«

»Aber Herr Bergmeister selbst war im Ausland.«

»Schon. Aber er hat oft sein Haus anderen überlassen, wenn er nicht da war. Manchmal waren es wohl Geschäftsfreunde, die dann auch ein paar Tage in der Villa gewohnt haben.« Sie lachte kurz auf. »Ich kann meistens an den Überbleibseln der Feste erkennen, ob es wieder einmal Araber waren oder irgendwelche Leute vom Balkan. Die sind häufig Gäste bei ihm. Manchmal haben in seiner Abwesenheit auch nur seine Berliner Freunde dort gefeiert. In diesen Dingen ist Herr Bergmeister mehr als großzügig.«

»Und Sie müssen dann hinterher wieder Ordnung schaffen?«

»Das ist ganz unterschiedlich. Manchmal verlassen

die Gäste das Haus so, wie sie es angetroffen haben. Andere sind ausgesprochen rücksichtslos. Die Russen zum Beispiel. Herr Bergmeister zahlt mir dann immer einen Sonderbonus. Da ist er verdammt großzügig, muss ich schon sagen.«

»Und wie war's diesen Dienstag?«

»Schweine waren das! So habe ich das Haus noch nie vorgefunden. Ich habe keine Ahnung, wo die hergekommen sind.«

»Wie gut kennen Sie denn Holm Bergmeister?«

Frau Schlösser zögerte einen Moment, nahm eine Zigarettenschachtel von dem runden Glastischchen und fragte: »Stört es Sie, wenn ich rauche?«

»Nein. Ich selbst bin zwar Nichtraucher, aber keiner von den militanten. Außerdem ist es Ihre Wohnung.«

Frau Schlösser zündete sich eine Zigarette an. »Was haben Sie mich noch gefragt?«

»Wie gut Sie den Sohn von Herrn Bergmeister kennen.«

»Ich habe erst nach dem Tod von seiner Mutter angefangen, im Pflasterweg zu arbeiten. Ich sehe ihn nicht so häufig. Er redet wenig. Mir gegenüber ist er sehr höflich.« Sie machte zwischen jedem ihrer kurzen Sätze eine ungewöhnlich lange Pause. Jetzt drückte sie ihre noch nicht einmal zur Hälfte gerauchte Zigarette im Aschenbecher aus. »Dass er mit seinem Vater zerstritten ist, habe ich gleich gemerkt. Aber ich will nicht mehr darüber wissen. Je weniger man sich in die Dinge der Leute einmischt, für die man putzt, umso besser.«

Die letzten Worte hatte sie schnell und, wie es Heiland schien, hastig gesprochen.

»Haben Sie in letzter Zeit Kontakt zu Holm Bergmeister gehabt?«, fragte der Kommissar.

»Warum wollen Sie das denn wissen?«

»Würden Sie bitte meine Frage beantworten!«

»Das ist noch gar nicht so lange her. Eine Woche vielleicht. Manchmal treffen wir uns. – War's das?«

»Wir müssen ihn finden.«

»Da kann ich Ihnen leider nicht helfen.«

»Aber Sie sagen doch, Sie treffen sich manchmal mit ihm.«

»Nur, wenn er sich meldet. Ich habe keine Adresse von ihm. Nicht einmal eine Telefonnummer.«

»Seltsam!«

Sie lächelte. »An dem ist so manches seltsam.«

»Was denn zum Beispiel?«

»Darüber möchte ich nicht reden.«

»Sagt Ihnen der Name Fritz Konnert etwas?«

»Ja. Natürlich. Er war oft im Hause Bergmeister …«

»War?«

»Na ja, seit ein paar Wochen habe ich ihn nicht mehr gesehen. Manchmal war er allein da, wenn ich zum Putzen kam, und dann hat er mich rumkommandiert, als gehöre das Haus ihm. Ein unangenehmer Typ. Wirklich! – Ein Kerl ohne Manieren.«

»Was hat er denn gemacht, wenn er in Bergmeisters Villa war?«

»Keine Ahnung. Aber er hatte im ersten Stock ein

eigenes kleines Büro. Hat viel telefoniert und ansonsten vor dem Computer gehockt.«

»Hört sich so an, als habe er irgendwelche Spezialaufträge für Herrn Bergmeister ausgeführt, sonst hätte er ja in seiner Firma arbeiten können.«

»Kann sein«, sagte Frau Schlösser unbestimmt.

»Wie war denn das Verhältnis Konnerts zu dem Jungen?«, fragte Peter Heiland.

»Zu dem Jungen …«, wiederholte sie leise. »Er ist immerhin 32.«

Peter Heiland sah die Frau an. Wie alt mochte sie sein? Mitte 30 vielleicht, konnte aber auch über 40 sein. »Wie Konnert zu ihm steht, kann ich nicht sagen.« Sie sah zu Boden.

»Wirklich nicht?«

»Nein, wenn ich's doch sage!« Lydia Schlösser klang plötzlich ungehalten.

»Und wie stehen Sie zu Holm Bergmeister?«

»Sie sollten nichts Falsches denken. Aber gut. Ich gebe zu: Nachdem ich gesehen habe, wie sehr er unter dem Tod seiner Mutter gelitten hat, habe ich mich ein wenig um ihn gekümmert. Und ich habe auch ein oder zwei Mal versucht, Vater und Sohn einander wieder näherzubringen. Aber damit habe ich Holm nur wütend gemacht.«

Peter Heiland stand auf. »Ich muss Ihnen noch etwas sagen: Fritz Konnert lebt nicht mehr. Er wurde ermordet.«

»Aha!« Es klang völlig teilnahmslos.

Als Peter Heiland wieder auf der Straße stand, rief er Frank Ulrich Bergmeister an. »Werde ich Sie denn nie los?«, bellte der ins Telefon.

»Gut möglich«, antwortete Heiland. »Aber im Augenblick habe ich nur eine kurze Frage: Wer hat in Ihrem Haus von Montag auf Dienstag gefeiert?«

»Sagte ich doch schon: mein Sohn.«

»Und sind Sie da ganz sicher?«

»Natürlich, wer soll es denn sonst gewesen sein?«

»Einer Ihrer Freunde oder Bekannten, denen Sie immer mal wieder so großmütig Ihre Villa überlassen, damit sie dort ihre Partys feiern können.«

»Wer sagt …? Ach, Sie haben mit Frau Schlösser gesprochen? Nein, nein, da können Sie ganz beruhigt sein. Ich habe niemandem den Schlüssel überlassen, und Holm ist der Einzige, der einen hat – außer Frau Schlösser natürlich.«

»Könnte denn Ihr Sohn seinen Schlüssel jemand anderem gegeben haben?«

»Sie sagten, Sie haben nur eine kurze Frage.«

»Könnte er …?«

»Was weiß ich.« Bergmeister legte abrupt auf.

Die Spurensicherung bestätigte: Bei der Waffe, mit der sich Fritz Konnert erschossen hatte (oder erschossen wurde), habe es sich um eine *Glock* 19, 9 Millimeter gehandelt, die auf den Namen Frank Ulrich Bergmeister registriert sei. Der Gerichtsmediziner hielt es für möglich, dass sich der Journalist selbst getötet hatte. Die

Waffe sei ihm vermutlich danach aus der Hand gefallen. Die Spuren zeigten, dass sie zwei-, dreimal auf dem Boden aufgesprungen und am Ende rechts von seinem Fuß liegen geblieben sei. Aber das könne natürlich auch auf einen Täter hinweisen, der die Pistole nach dem Schuss weggeworfen habe, hieß es in dem Bericht, und weiter: Die einzigen Fingerabdrücke stammten von dem Toten, seien aber seltsam undeutlich. Es sei nicht auszuschließen, dass ein Täter die Waffe abgewischt und dann dem Toten kurz in die Hand gedrückt habe.

Den Todeszeitpunkt gab der Gerichtsmediziner Doktor Hauschild mit Donnerstag, 14. Mai 2020, zwischen 13 und 13.30 Uhr an.

Peter Heiland verabschiedete sich am Nachmittag früher als sonst von seinen Kollegen. Er fuhr nach Hause, warf zwei Schmerztabletten ein und verkroch sich ins Bett.

Norbert Meier und Carl Finkbeiner fuhren zur Schillerpromenade. Sie hatten einen Schlüsselbund bei sich, der in den Taschen Konnerts gefunden worden war.

Die Erdgeschosswohnung des Journalisten bestand aus nur einem Zimmer, einer kleinen Küche und einem Bad, in dem es neben der Toilette nur eine Dusche und ein Waschbecken gab. In einem schmalen Schrank hingen ein Anzug und zwei Hemden auf Drahtbügeln einer Wäscherei. In zwei Fächern lagen etwas Unterwäsche und Strümpfe, unten am Boden standen Hausschuhe, wie man sie in manchen Hotels bekam.

»Das ist nicht mehr als ein Hotelzimmer«, sagte Meier.

»Eher weniger«, gab Finkbeiner zurück.

Im Bad lag am Waschbeckenrand ein Waschbeutel, Inhalt: eine Zahnbürste, eine halbleere Zahnpastatube, ein Einwegrasierer und eine kleine Dose Hautcreme. Sonst nichts.

»Ich glaube nicht, dass der hier gewohnt hat«, sagte Meier. »Sieht eher nach einer Absteige aus, die er gelegentlich benützt hat.«

Finkbeiner gab ihm recht, zumal sie überhaupt nichts fanden, was auf Konnerts Arbeit hingedeutet hätte.

8

Freitag, 15. Mai 2020

Als Peter Heiland am Morgen das Haus verließ, fuhr ihm ein eiskalter Wind ins Gesicht. Ein älterer Mann, der aus dem Nachbarhaus trat, brummte: »Wer bei dem Wetter nicht krank wird, ist nicht gesund!«

»Da haben Sie recht«, gab Peter Heiland zurück und schwang sich auf sein Fahrrad. Die meiste Zeit fuhr er einhändig, um mit der anderen Hand die schmerzende Stelle in der Wange vor der Kälte zu schützen.

Als er das Büro betrat, war die ganze Mannschaft schon da. Norbert Meier empfing ihn mit der Nachricht: »Die Trauerfeier für Aneta Mitrasca ist heute Vormittag um 11 Uhr.«

»Wo?«, fragte Heiland.

»In der russisch-orthodoxen Christi Auferstehungskirche. Die ist am Hohenzollerndamm, Ecke Berliner Straße.«

»Russisch-orthodox?«

»Ich hab mich kundig gemacht«, sagte Meier. »Die Moldawier sind auch orthodox, auf ihre Art, haben aber keine eigene Kirche in Berlin und genießen Gastrecht bei den Russen.«

Peter Heiland sah auf die Uhr. »Wir müssen da hin.

Am besten machen das Jenny und Carl, ihr kennt die Mutter des Mädchens und deren Mann, die werden ja wohl dort sein. Und wir brauchen einen Fotografen, der möglichst unauffällig Bilder von allen Teilnehmern macht.«

»Habe ich natürlich längst veranlasst«, sagte Meier. »Pit Solter hat Zeit, und er weiß genau, worauf es ankommt.«

Peter Heiland verkniff sich ein Lächeln. Norbert Meier, der sich für den besseren Kriminalisten hielt, reagierte, wie so oft, geradezu allergisch auf die Anweisungen seines Chefs. Er würde wohl nie darüber hinwegkommen, dass Heiland die Leitung der vierten Mordkommission in der Abteilung eins, Delikte am Menschen, übertragen worden war, wo er doch der ältere und erfahrenere Beamte von ihnen beiden war.

Der Trauergottesdienst hatte bereits begonnen, als Jenny Kreuters und Carl Finkbeiner die Kirche betraten. Nur wenige Trauergäste saßen verteilt in dem hohen Raum. Die Zahl der Teilnehmer war amtlich auf 40 Personen begrenzt, aber es waren bei weitem nicht so viele gekommen.

Die beiden Beamten nahmen in der vierten Reihe Platz. Kurz darauf kam der Fotograf Pit Solter herein, der schon eine gute Stunde vor Ort gewesen war, und setzte sich neben sie.

Der Pope füllte mit seiner kräftigen Baritonstimme den ganzen Raum. Eine Melodie war nur schwer zu erkennen. Finkbeiner schien es, als bestehe sie aus fünf Tönen, die sich, kaum verändert, auf- und abschwellend wiederholten.

Ganz vorne saßen Elena Mitrasca und ihr Mann. In der zweiten Bank ganz rechts hatte ein hochgewachsener Mann Platz genommen. Er trug einen eleganten Anzug und auf dem Kopf eine Keffiyeh, die arabische Kopfbedeckung, die aus einem Wolltuch bestand, das mit einer dicken schwarzen Schnur befestigt war. Das rot karierte Tuch fiel über den Nacken des Mannes hinab. Carl Finkbeiner beugte sich vor, um das Gesicht des Mannes zu studieren. Er erkannte ein scharfes Profil mit einer ausgeprägten Hakennase. Ein mächtiger schwarzer Bart reichte bis auf das Brustbein hinab. Die Haut war dunkel. Der Mann war vermutlich ein Araber.

Sieben junge Frauen, offenbar waren es Kolleginnen der Verstorbenen, hockten in der vorletzten Bank dicht beieinander. Sie waren die Einzigen, die sich nicht an die Abstandsregel hielten.

Carl Finkbeiner sah sich weiter um und entdeckte zu seiner Überraschung Annette Schieferfeld, die Frau, die am Steuer des Unfallwagens gesessen hatte. Sie saß allein, weit hinten in einer der langen Bänke, und hatte den Kopf tief gesenkt.

Auf der anderen Seite des Gangs saß, genauso allein, eine Frau Mitte 30, kräftig, aber wohlproportioniert, die Finkbeiner nicht zuordnen konnte.

Einige der Gottesdienstbesucher waren wohl Angehörige der moldawischen Kirchengemeinde.

Die Litanei des Popen zog sich in die Länge. Danach erhoben sich die Trauergäste. Die meisten von ihnen murmelten im Chor ein Gebet. Frau Mitrasca wandte sich um und grüßte Finkbeiner und Jenny Kreuters mit der Andeutung eines Kopfnickens, während sich ihre Lippen weiter im Rhythmus des Textes bewegten. Ihr Blick erfasste Frau Schieferfeld. Sie stieß einen Mann an, der auf derselben Bank saß, und fragte etwas. Der Mann schaute sich ebenfalls um, musterte Annette Schieferfeld und schien danach Frau Mitrasca Auskunft zu geben.

Der Pope rief ein lautes Amen in den Raum. Die Versammlung antwortete: »Amen!« Es war noch nicht ganz verklungen, da sprang Elena Mitrasca auf und rannte auf Frau Schieferfeld zu. »Mörderin!«, schrie sie. »Du Mörderin! Du hast sie umgebracht!« Mit ihren langen, leuchtend rot lackierten Fingernägeln fuhr sie ihr ins Gesicht. Annette Schieferfeld schrie auf und fiel auf die Bank zurück. Frau Mitrasca stürzte sich auf sie und begann, mit den Fäusten auf sie einzuschlagen.

Ein lautes Lachen hallte durch den Kirchenraum. Es kam von Rolf Lehnert, der breitbeinig im Gang zwischen den Bänken stand. Carl Finkbeiner war Sekunden später bei den beiden Frauen und riss sie auseinander. Jenny Kreuters wollte währenddessen eine der jungen Frauen ansprechen, aber die wich ihr aus. Alle sieben rannten aus der Kirche, als wären sie auf der Flucht. Die Kommissarin sah sich um und bemerkte grade noch, wie der Araber den Raum durch einen schmalen Nebenausgang verließ.

Schwer atmend standen sich Elena Mitrasca und Annette Schieferfeld gegenüber. Finkbeiner hielt die beiden noch immer an den Oberarmen fest. »Sie kann nichts dafür«, sagte er mit seiner sonoren Stimme zu Frau Mitrasca. »Ich weiß, wie sehr es ihr leidtut, dass es passiert ist. Aber sie hätte den Unfall unmöglich verhindern können, glauben Sie mir.«

Rolf Lehnert war nun herangekommen, legte den Arm um die Hüften seiner Frau und zog sie mit sich fort. Jenny trat hinzu und tupfte mit einem Papiertaschentuch die Bluttropfen von den Wangen der Angegriffenen. »Wie haben Sie denn von der Trauerfeier erfahren?«, fragte die Kommissarin leise.

»Mein Mann ...«, sie setzte noch einmal an, »mein Mann hat gehört, dass die Trauerfeier hier stattfinden würde.« Sie tastete ihre Wange ab, griff nach einer schmalen Handtasche, die neben ihr auf der Bank stand, und schickte sich an, die Kirche zu verlassen.

9

Peter Heiland, der in seinem Büro einige Akten aufarbeitete, hielt plötzlich inne, nahm das Telefon und wählte eine Nummer. Es war nur so eine Idee, aber wie oft hatte er schon die Erfahrung gemacht, dass Gedanken, die sich ohne Vorankündigung einstellten und zunächst abwegig erschienen, doch in die richtige Richtung führten. Der Beamte beim Einwohnermeldeamt sagte, er dürfe am Telefon keine Auskunft geben. Schließlich könne ja jeder behaupten, er sei Leitender Hauptkommissar beim Landeskriminalamt. »Wie wäre es, wenn Sie mich auf meiner Dienstnummer zurückrufen? Und sich natürlich zuvor versichern, dass es wirklich die Dienstnummer ist?«, fügte Heiland leicht ironisch hinzu.

»Na gut«, sagte der Mann am anderen Ende der Leitung. »Name und Adresse?«

»Lydia Schlösser, Berkaer Straße 47, Dachgeschoss.«

Zehn Minuten später kam bereits der Rückruf: »Die Wohnung gehört einem Frank Ulrich Bergmeister.«

»Ich hatte mir so etwas gedacht«, antwortete Peter Heiland. »Vielen Dank, das war mir eine große Hilfe.«

Pit Solter hatte die Trauergäste ausnahmslos im Bild festgehalten. Um 15 Uhr am Nachmittag projizierte er die Fotos direkt aus seiner Kamera auf eine Leinwand im kleinen Konferenzraum des Landeskriminalamts. Er hatte die einzelnen Kirchenbesucher nicht nur heimlich porträtiert, sondern war so frühzeitig vor Ort gewesen, dass er einige Szenen vor der Kirche mit der Videofunktion seiner Kamera hatte aufnehmen können. Ebenso hatte er auch die Trauergäste nach der Feier gefilmt.

Der Platz vor der Kirche war zunächst leer. Dann hielt eine Limousine am Straßenrand. »Ein Bentley«, rief Meier, »den kriegste nicht unter 150.000 Euro!« Dem matt glänzenden roten Wagen entstieg der hochgewachsene Araber, sah sich aufmerksam um und zündete sich eine Zigarette an. Kurz darauf stiegen aus einem Kleinbus die sieben jungen Frauen, die in der Kirche so eng beieinandergesessen hatten. Der Bus fuhr sofort mit quietschenden Reifen wieder los. Der Fahrer am Steuer war nur wie ein Schatten zu sehen.

Der Araber straffte die Schultern und marschierte direkt auf die jungen Frauen zu, was bei denen dazu führte, dass sie ängstlich zusammenrückten und dann wie eine Schar Hühner auseinanderstoben. Rasch verschwanden sie, jede auf ihrem eigenen Weg, in der Kirche. Das Ehepaar Mitrasca/Lehnert kam ins Bild. Gleichzeitig trat der Pope aus der Kirche, um die Trauergäste zu begrüßen.

Plötzlich rief Peter Heiland: »Das ist doch die Schlösser!« Er deutete auf die kleine, kräftig gebaute Frau, die in einem schicken schwarzen Kostüm auf die Kirche zuging.

»Und wer ist das?«, fragte Carl Finkbeiner. »Sie saß bei der Trauerfeier ganz allein.«

»Die Putzfrau von Frank Ulrich Bergmeister. – Ich frage mich: Was hat die bei der Trauerfeier verloren?«

»Vielleicht kannte sie das Mädchen«, warf Jenny ein.

»Möglich. Aber ich finde da überhaupt keinen Zusammenhang.«

Lydia Schlösser stand zunächst ein wenig abseits, aber dann trat der arabisch aussehende Mann auf sie zu und verbeugte sich. Sie sprachen kurz miteinander und gingen dann gemeinsam durch das Portal in das Gotteshaus.

Peter Heiland bat den Fotografen, einige der Bilder auszudrucken. Er wollte Frau Schlösser mit ihnen konfrontieren.

»Soll ich das übernehmen?«, fragte Carl Finkbeiner, der schon lange beobachtet hatte, wie sehr Peter unter seinen Zahnschmerzen litt. »Geh du mal lieber zum Zahnarzt.«

»Es ist besser, ich rede mit Frau Schlösser«, gab Peter Heiland zurück. »Wir kennen uns schon. Vielleicht schaff ich's ja auf dem Rückweg, zu Doktor Richter zu gehen.« Das Foto des Arabers sollte Norbert Meier mit den vorhandenen Dateien abgleichen. Sie wollten schon auseinandergehen, da rief Solter: »Halt! Da kommt noch was!«

Das Video, das er jetzt zeigte, war nach der Trauerfeier aufgenommen worden. Man sah zuerst den Araber, der eilig aus der Kirche kam und rasch zu seinem Auto ging, plötzlich stehen blieb und wütend gegen das rechte Vorderrad trat. Die Kamera zoomte heran. Der Reifen war platt, und, wie man gleich darauf sah, auch der Hinterreifen.

Jetzt kamen die jungen Frauen ins Bild. Sie rannten auf den VW-Bus zu, der in diesem Moment heranraste und nur wenige Meter hinter dem Bentley abbremste. Die seitliche Schiebetür stand offen. Die Frauen sprangen nacheinander rasch hinein. Der Fahrer fuhr hastig los, noch bevor die Schiebetür geschlossen war.

»Jetzt müsste man wissen, wer dem Araber die Luft aus den Reifen gelassen hat«, sagte Nobert Meier.

»Und ich wüsste zu gerne, wer den Kleinbus gefahren hat«, fügte Carl Finkbeiner hinzu.

»Können wir uns das Ganze noch mal anschauen?«, fragte Peter Heiland, »vielleicht kann man die Nummer des VW-Busses erkennen.«

Als beim zweiten Durchlauf des Videos der Kleinbus wieder ins Bild kam, wechselte Solter auf Einzelbildschaltung. Eine Aufnahme nach der anderen ruckte über die Leinwand. Das Video erreichte wieder die Stelle, wo die Frauen eilig in den Bus sprangen und das Auto losfuhr.

»Kann man den Mann am Steuer erkennen?«, fragte Meier.

»Nein«, antwortete Solter. »Man sieht nur seinen Hinterkopf.«

Die Rückseite des Kleinbusses erschien, Solter hielt das Bild wieder an. Die Nummer war klar zu erkennen.

Zehn Minuten später hatte Norbert Meier die Antwort der Zulassungsstelle. Das Fahrzeug gehörte dem verstorbenen Journalisten Fritz Konnert.

10

Die Haustür stand offen. Peter Heiland eilte die Treppe hinauf. Lydia Schlösser wollte gerade die Wohnung verlassen, als er den Treppenabsatz vor ihrer Wohnungstür erreichte. Sie trug ein hübsches geblümtes Sommerkleid, einen schwarzen Strohhut mit breiter Krempe und Schuhe mit sehr hohen Absätzen. »Ich habe leider gar keine Zeit«, sagte sie und zog die Tür hinter sich zu.

Heiland begleitete sie die Treppe hinunter. »Sie waren bei der Trauerfeier für Aneta Mitrasca?«

»Ja, war ich.«

»Haben Sie das Mädchen denn gekannt?«

»Nein.«

»Was hat Sie denn dann dazu veranlasst …?«

»Sie müssen fragen, wer … wer mich dazu veranlasst hat.«

»Und?«

»Herr Bergmeister. Ich soll ihm erzählen, wie das Ganze abgelaufen ist, wer da war und so weiter.«

»Sind Sie auf dem Weg zu ihm?«

»Nein!« Mehr sagte sie nicht.

»Zwei meiner Kollegen waren auch auf der Trauerfeier. Sie haben einen arabisch aussehenden Mann gesehen, mit dem Sie sich kurz unterhalten haben.« Peter

Heiland blieb stehen und zeigte Frau Schlösser den Fotoausdruck.

»Er sich mit mir! Aber er hat nicht viel mehr gesagt als ›Guten Tag‹ und ›Wie geht's?‹«

»Das sah aber anders aus. Irgendwie wirkten Sie vertraut mit dem Mann. Wir haben auch ein Video davon.«

»Da trügt der Schein!« Sie erreichten den ersten Stock. Lydia Schlösser sprang rasch die restlichen Stufen hinunter.

Im Hausflur holte sie der Kommissar wieder ein. »Kennen Sie ihn denn?«

»Flüchtig. Ich weiß nicht mal, wie er heißt. Er war ein-, zweimal in der Villa, als ich dort gearbeitet habe.«

»Also ein Geschäftsfreund von Herrn Bergmeister?«

»Keine Ahnung!«

Sie traten auf die Straße hinaus. »Kann ich Sie ein Stück im Auto mitnehmen?«, fragte der Kommissar.

Frau Schlösser schüttelte den Kopf. »Ich fahre öffentlich!« Wie um dies zu demonstrieren, zog sie eine Schutzmaske über Mund und Nase, winkte Heiland noch einmal kurz zu und eilte die Berkaer Straße hinunter.

Der Kommissar blieb einen Augenblick stehen und entschloss sich dann, Frau Schlösser zu folgen. Sie sah sich mehrfach prüfend um, aber er konnte sich trotz seiner Größe jedes Mal rechtzeitig außer Sichtweite bringen. Kurz vor der Breiten Straße ging Lydia Schlösser die Auffahrt zum Parkdeck eines Supermarktes hinauf. Peter Heiland postierte sich auf der gegenüberliegenden Straßenseite, wo er sich leicht hinter einem Lieferwagen verbergen konnte. Er musste nicht lange warten. Ein schickes rotes Cabriolet glitt die Auffahrt herunter. Peter Heiland war kein Autokenner, aber dass es sich um einen Alfa Romeo handelte, erkannte sogar er. Am Steuer saß Lydia Schlösser. Den Strohhut hatte sie abgenommen und ein buntes Kopftuch umgebunden. Dazu trug sie eine elegante Sonnenbrille.

Peter Heiland ging nachdenklich zu seinem Auto zurück, stieg ein und fuhr die kurze Strecke zum Pflasterweg. Der rote Alfa parkte direkt vor der Villa Frank Ulrich Bergmeisters. Der Kommissar stieg aus und blieb unschlüssig stehen. Er fuhr mit der Zunge über die untere Zahnreihe, wo sich der Schmerz immer weiter ausbreitete. Unter welchem Vorwand sollte er klingeln? Nur um Frau Schlösser damit zu konfrontieren, dass sie ihn belogen hatte? Er schob einen Zeigefinger in den Mund und drückte auf die schmerzende Stelle. Ein so heftiger Stich fuhr ihm in den Kiefer, dass er laut aufjaulte. Entschlossen stieg er wieder in sein Auto.

»Sie sind leider nicht angemeldet«, sagte die Frau hinter dem Tresen.

»Aber ich habe höllische Schmerzen. Schon seit Tagen.«

»Gut, ich werde es dem Herrn Doktor sagen.«

Im Wartezimmer saßen nur zwei Patientinnen auf weit auseinandergestellten Stühlen. Peter Heiland grüßte, setzte sich, griff, ohne lange nachzudenken, nach einer

Zeitschrift auf dem Tisch und blätterte sie auf. »Na so was!«, entfuhr es ihm plötzlich laut. Die beiden Frauen sahen auf, wendeten sich aber rasch wieder ihrer eigenen Lektüre zu. Peter starrte auf den doppelseitigen Aufmacher eines Artikels. Offenbar war er an eine Architekturzeitschrift geraten. Das Foto zeigte den Salon in der Villa Bergmeister im Pflasterweg. In einem klein eingeklinkten Bild war die Außenansicht des Hauses zu sehen. Überschrift: »Geschmacksicher bis ins Detail – So lebt ein weltweit vernetzter Unternehmer.« Eine ganze Bildstrecke führte durch die geschmackvoll eingerichtete Villa Bergmeisters. Jetzt wurde Peter Heiland klar: Er war früher niemals dort gewesen, er war der Villa bei seinem letzten Zahnarztbesuch hier in dieser Zeitschrift begegnet.

Eine Stunde später war er, um einen Backenzahn ärmer, wieder auf dem Weg ins Präsidium.

Kaum hatte Peter Heiland die Tür zum Gemeinschaftsbüro geöffnet, schallte es ihm schon von Meier entgegen: »Nidal Chahrour Al-Bakr.«

»Hä?«, machte Heiland.

»Der Araber auf dem Foto heißt Nidal Chahrour Al-Bakr.«

»Was macht der Zahn?«, fragte Carl Finkbeiner.

»Ist raus. Der Schmerz lässt nach.« Peter Heiland setzte sich auf den Besucherstuhl und sah Meier an: »Und, was ist das für einer?«

»So einer, der oft in Verdacht geraten und nie überführt worden ist. Aus den Unterlagen geht hervor, dass

Al-Bakr keinem der arabischen Clans angehört, aber von allen respektiert wird. Er tritt immer mal wieder als Vermittler auf, wenn es zwischen den verfeindeten Großfamilien zu Konflikten kommt. Als Beruf gibt er Großhandelskaufmann an. Er stammt aus dem Libanon, ist 50 Jahre alt und spricht Deutsch, Englisch, Französisch und natürlich Arabisch. Die Kollegen von der Wirtschaftsabteilung glauben, dass er dick im internationalen Waffengeschäft steckt. Aber, wie gesagt, kriminelle Handlungen konnten ihm bislang nicht nachgewiesen werden.«

»Danke, Norbert«, sagte Peter Heiland, »klasse gemacht!«

Meier grinste: »Ich werde ja so gerne gelobt. Vor allem von dir!«

Peter Heiland hatte keine Lust, darauf einzugehen. Er berichtete von seinem Besuch bei Lydia Schlösser und der Tatsache, dass sie in den Pflasterweg gefahren war, obwohl sie ihm gegenüber dies zuvor geleugnet hatte.

»Da hätte ich aber nachgehakt«, sagte Norbert Meier.

»Nicht, wenn du seine Zahnschmerzen gehabt hättest«, nahm Jenny Kreuters ihren Chef in Schutz.

Peter Heiland sah auf die Uhr. »Feierabend für heute.«

»Eines noch«, meldete sich Carl Finkbeiner, »sollten wir in dem Fall nicht die Kollegen von der Wirtschaft hinzuziehen?«

Meier grinste: »Kann doch Peter machen, dann bleibt es in der Familie.«

Hanna Heiland arbeitete nun schon seit zwei Jahren in der Abteilung drei, die zuständig war für Wirtschaftskriminalität, Korruption, Umwelt- und Verbraucherschutzdelikte. Nach anfänglichen Schwierigkeiten und einem Wechsel an der Spitze der Abteilung hatte sie sich dort einen guten Ruf erarbeitet. In den letzten Monaten war sie der Gruppe *Organisierte Kriminalität* zugeordnet, die sich vor allem mit den Aktivitäten der arabischen Clans in Berlin beschäftigte.

»Wir gehen den normalen Dienstweg«, sagte Peter Heiland knapp. »Bis morgen.« Er verließ das Gemeinschaftsbüro. Kurz nach ihm ging auch Norbert Meier.

11

»Gehen wir zu dir oder gehen wir zu mir?« Carl Finkbeiner und Jenny Kreuters warteten stets auf einen Moment, in dem sie die Frage stellen konnten, ohne dass es jemand hörte. Heute fiel die Entscheidung auf Carl Finkbeiners kleine Wohnung in der Wulfsheinstraße, dicht beim Charlottenburger Schloss. Sie lag im vierten Stock, bestand aus einem Schlafzimmer, das, ebenso wie das kleine Bad und die Küche, auf den Hinterhof hinausging, und zwei ineinander übergehenden Räumen zur Straße hin, wovon Carl den kleineren als Arbeitszimmer nutzte, das er nur mit einem Schreibtisch, einem Stuhl und einem schmalen Regal möbliert hatte. Mehr wäre auch nicht hineingegangen. Im größeren Raum fanden sich eine bequeme Couch, ein alter, schwerer Lehnsessel und ein Tisch mit vier Stühlen. An den Wänden standen hohe Regale, bis zur Decke bestückt mit Büchern.

Am liebsten saßen die beiden aber in der Küche, die für eine Dreizimmerwohnung erstaunlich groß war. Weiße und hellblaue Kacheln bildeten ein Schachbrettmuster am Boden und an den Wänden. Eine schmale Tür führte auf einen Balkon hinaus, der gerade mal Platz für ein Tischchen und zwei Klappstühle bot. Die Äste einer riesigen Linde reichten bis an das Geländer des Balkons heran, und ihr Wipfel ragte über das Dach des viergeschossigen Gebäudes hinaus, was Finkbeiner schon mal zu dem Satz inspirierte: »Wir sitzen hier mitten in einer Baumkrone.«

Aber an diesem Tag war es nicht warm genug für draußen. Also deckte er den stabilen Bauerntisch, der mitten in der Küche stand, mit Tellern, Gläsern, Besteck und Servietten. Er hatte bereits früh am Morgen für alle Fälle eine Caprese vorbereitet. Mozzarella mit Tomaten und Basilikum, das Einzige, was er außer Spiegeleiern zubereiten konnte. Die weißen Käselaibchen hatte er in Scheiben geschnitten, mit einer Gabel angestochen, viel Knoblauch in die Löcher gerieben und langsam Olivenöl darübergeträufelt. Dann hatte er Tomatenscheiben und feine Basilikumblätter darauf verteilt, groben Pfeffer und ein wenig Salz dazugegeben und das Ganze noch einmal mit Olivenöl begossen. Wäre die Entscheidung anders gefallen, hätte er die Caprese eben am nächsten Tag allein gegessen.

Inzwischen hatte die Speise gut durchgezogen. Dazu gab es Pellkartoffeln, die Finkbeiner rasch in der Mikrowelle gegart hatte, und natürlich eine gute Flasche Wein.

Den Vorsatz, nicht über ihre Fälle zu reden, wenn sie privat und allein waren, hatten sie längst aufgegeben.

»Wenn ich mich nicht täusche, glaubt Peter, dass zwischen dieser Lydia Schlösser und Holm Bergmeister etwas gelaufen ist«, sagte Jenny.

»Oder zwischen ihr und seinem Vater«, meinte Carl

und legte Jenny sorgfältig vor. »Lass uns erst mal einen Schluck trinken.«

Sie prosteten sich zu und widmeten sich dem Essen. Es dauerte eine ganze Weile, ehe Jenny den Faden wieder aufnahm. »Wenn du jetzt eine Geschichte mit diesen Personen, ich denke da auch noch an den Araber, den Journalisten und das traurige Ehepaar Lehnert – also, wenn du mit diesen Figuren eine Geschichte schreiben müsstest, wie würde die aussehen?«

Carl Finkbeiner dachte ein paar Augenblicke kauend darüber nach, dann sagte er: »Ein bisschen wie eine griechische Tragödie.«

»Du meinst so eine Geschichte, in der sich die Familienmitglieder gegenseitig umbringen, Klytämnestra ihren Mann Agamemnon mit Hilfe ihres Liebhabers Aigisthos und später Klytämnestras Sohn Orestes die eigene Mutter?«

»Du bist in der griechischen Mythologie ganz schön bewandert«, sagte Carl anerkennend.

»Überhaupt nicht. Ich habe das alles nur schon ein paarmal auf dem Theater gesehen.« Sie nahm einen Schluck Wein. »Aber wie passt Fritz Konnert, dieser Journalist, da hinein?«

»Als Figur, die wie eine Spinne im Netz sitzt und unentwegt ihre Intrigen spinnt, die jedem etwas anderes erzählt und genüsslich zuschaut, wie sich das Gift verbreitet, bis die Figuren aufeinander losgehen.« Finkbeiner holte den Nachtisch, Rote Grütze mit Vanillesoße, aus dem Kühlschrank.

»Das wäre dann aber eine ganz andere Story«, wendete Jenny ein.

»Ich sagte ja auch nur, ich würde eine Geschichte in der Art einer griechischen Tragödie schreiben.«

»Dann gibt es aber auch noch diesen Araber.«

»Der dient den Göttern.«

»Was?«

»Oder ist selbst einer von ihnen.«

»Jetzt hör aber auf!«

Carl lächelte. »Oder er ist der Oberschurke, der weder die Götter noch die Geister des Hades fürchtet. Aber ich denke ja gar nicht daran, eine solche Geschichte zu schreiben, ich bin eh zurzeit an etwas ganz anderem dran.«

»Nämlich?«

»Neugierig bist du nicht, gell?«

Jenny lachte. »Nein, ich will nur alles wissen.«

»Es ist eine kleine Liebesgeschichte.«

Jenny legte den Kopf schief und sah ihm in die Augen. »Komme ich darin vor?«

»Ich weiß noch nicht, wie sich die Story entwickelt.«

»Das weißt du nicht?« Jenny trank den letzten Schluck aus ihrem

Weinglas und hielt es Carl hin, um es nachfüllen zu lassen.

»Nein. Ich kann noch nicht sagen, wie sich meine Figuren verhalten.«

»Hä?«, machte Jenny und nippte an ihrem Rotwein.

»Das ist so: Erst hab ich eine grobe Vorstellung von

der Geschichte. Dann treten die ersten Menschen auf, und sobald sie da sind, entwickeln sie ihr Eigenleben. Die machen oft Sachen, mit denen ich überhaupt nicht gerechnet habe.«

»Ehrlich?«

»Ja. Manchmal gehe ich nur an den Schreibtisch, um zu erfahren, wie sich die Figuren verhalten und wie es mit ihnen weitergeht.«

»Aber es sind doch *deine* Figuren.«

»Ja, schon.«

»Dann musst du doch wissen, ob ich dabei bin.«

»Ja, aber ich habe noch keine Ahnung, was du alles tun wirst.« Carl streckte seine Beine weit von sich, lehnte sich zurück und sah in die Äste der Linde hinauf.

Auch Hanna und Peter Heiland saßen abends in ihrer Küche. Den kleinen Heinrich hatte der Vater schon vor einer guten Stunde ins Bett gebracht.

Er hatte dem Jungen eine Geschichte vorgelesen, die der Sohn

längst auswendig kannte, aber immer wieder hören wollte. Und wehe, Peter übersprang eine Passage: Sofort protestierte der Junge, indem er genau diesen Text laut selber sprach. Zum Glück hatte sich ihm auch der Schluss eingeprägt, und sobald Peter den gelesen hatte, war Heinrich auch bereit einzuschlafen.

Die Regel, zu Hause nicht von ihren Fällen zu reden, galt auch für Peter und Hanna schon lange nicht mehr.

Und so gab es auch keinen Protest von Hanna, als Peter fragte:

»Sagt dir der Name Nidal Chahrour Al-Bakr etwas?«

Sie sah ihn überrascht an. »Hast du den auswendig gelernt?«

»Du wirst lachen, ja. Den kann man sich ja nicht so einfach merken.«

Hanna schob ihre leeren Teller von sich. »Ja, der Name kommt bei uns

immer mal wieder vor. Aber ich hatte noch nie mit ihm zu tun. Es könnte

sogar sein, dass er ein Informant unseres Chefs ist.«

»Aber sicher bist du nicht?«

»Nein, überhaupt nicht. Allerdings …«, sie machte eine Pause und massierte ihre Nasenwurzel mit Daumen und Zeigefinger. »Seitdem er aufgetaucht ist, sind unsere Erfolge gegen die Clankriminalität ziemlich überraschend gestiegen. Vor allem beim Handel mit Wasserpfeifentabak für Shisha-Bars. In unserer Abteilung wird gemunkelt, das habe mit Al-Bakr zu tun. Erst letzte Woche haben Kollegen von mir zusammen mit den Zollfahndern in zwei Garagen insgesamt eineinhalb Tonnen illegalen Shisha-Tabak sichergestellt. Er wurde unter katastrophalen hygienischen

Bedingungen und ohne jede Qualitätskontrolle für den illegalen Markt produziert. Dem Tabak waren Lebensmittelfarbe und Geschmacksstoffe untergemischt, die zum Teil schwer gesundheitsschädlich sind. Die Ganoven haben das Zeug in nachgemachte handelsübliche Kartons verpackt und verkauft. Unversteuert natürlich. Da werden alles in allem Millionen verdient.«

Peter lächelte. »Manchmal denke ich, du hast den interessanteren Job.«

Hanna widersprach nicht. Sie kam jetzt richtig in Fahrt und hielt fast schon ein Referat für ihren einzigen Zuhörer: »Das Geschäft mit dem Tabak für Wasserpfeifen ist nur ein Teil der Aktivitäten, mit denen die Clans ihr Geld machen. Sie sind genauso aktiv im Rotlichtmilieu und im Rauschgifthandel. Zwei arabische Familien kontrollieren inzwischen den Straßenstrich um die Kurfürstenstraße und die Bülowstraße.«

»Als Zuhälter?«

»Nein, als Schutzgelderpresser. Die Zuhälter kommen aus Rumänien,

Ungarn und Bulgarien, und die meisten der Frauen, die sie zur Prostitution zwingen, genauso. Aber sie müssen einen großen Teil ihres Gewinns an die Clans aus dem Libanon und Nordafrika abtreten, wenn sie nicht um Leib und Leben fürchten wollen. Auch die Wohnungsbordelle in Neukölln werden von den Clans kontrolliert. Und im Rauschgiftgeschäft gehen sie ganz neue Wege.«

»Nämlich?«

»Sie verkaufen es nicht mehr nur im Görlitzer Park und an der Warschauer Brücke.«

»Sondern?«

»Per Liefertaxi.«

»Ja, davon hab ich gehört. Es ist wie beim Pizzaservice. Du bestellst den Stoff per Internet und lässt ihn dir direkt nach Hause liefern.«

Hanna nickte. »Und jetzt in der Coronakrise zocken sie den Berliner Senat ab, dass es nur so raucht!«

»Wie denn das?«

»Sie geben sich als Gewerbetreibende aus, fälschen Papiere und beantragen die Corona-Soforthilfe.«

»Und das funktioniert?«

»Es soll ja alles schnell gehen. Deshalb haben die Behörden gar nicht die Zeit, jeden Antrag genau zu prüfen. Einige Clanmitglieder kassieren auch Grundsicherung, obwohl sie in Luxuslimousinen vorfahren, um ihre Stütze abzuholen.«

Hannas Gesicht bekam einen entschlossenen Ausdruck. »Aber wir werden ihnen das Handwerk legen. Wir werden jeden Tag besser.«

Peter grinste. »Gratuliere, Frau Hauptkommissarin!«

Um die gleiche Zeit saß Norbert Meier mit seiner Freundin Valeska in einem kleinen Weinlokal, das eigentlich eine Weinhandlung war, nahe der Bernauer Straße, wo einst die Mauer zwischen West- und Ostberlin verlief. Daher hatte die Kneipe auch ihren Namen. Sie nannte sich *Mauerwinzer* und wurde von einem Journalisten und einem Architekten betrieben. »Eine Liebhaberei«, sagten beide, »der Liebe zum Wein geschuldet.« Die ging bei dem Redakteur sogar so weit, dass er die Ausbildung zum Sommelier gemacht hatte. In ziemlich anstrengenden Kursen, wie er gerne erzählte.

Norbert Meier war durch die Russin Valeska auf das Lokal aufmerksam geworden. Er hatte sie als Fitnesstrainerin kennengelernt und, weil sie ihm so ausnehmend gut gefiel, als Personal Coach engagiert. Seitdem hatte er gut 20 Kilo abgenommen und eine geradezu athletische Figur entwickelt. Niemand anderer hätte ihn zu den Strapazen überreden können, die das gekostet hatte – niemand außer Valeska. Sie wohnte nicht weit vom *Mauerwinzer*, trank dort gelegentlich ein Glas Wein und aß einen Flammkuchen dazu. Und da es ihr noch nie schwergefallen war, mit Menschen ins Gespräch zu kommen, zählte sie schon bald zu den Stammgästen, zu denen auch eine ganze Reihe Journalisten gehörte.

»Irgendeiner von denen wird diesen Fritz Konnert schon gekannt haben und was über ihn erzählen können«, hatte Valeska gesagt, als Norbert Meier ihr von seinem neuesten Fall erzählt hatte. »Soll ich mich mal umhören?«

Der Kommissar hielt es für die bessere Idee, dies gemeinsam zu tun, und so saß er an diesem Abend zum ersten Mal in der kleinen, äußerst gemütlichen Weinstube, die früher einmal ein Tabakladen gewesen war, was man an der Wandbemalung aus den 20er-Jahren des letzten Jahrhunderts noch sehen konnte, welche die Besitzer nach dem Entfernen des grauen Anstrichs freigelegt hatten. Da es sich eigentlich um ein Ladengeschäft handelte, konnten Gäste trotz Corona auch kurz Platz nehmen, was von den Betreibern großzügig ausgelegt wurde.

Im Verlauf des Abends ließen gleich zwei Gäste erkennen, dass sie Fritz Konnert kannten. Einer winkte nur ab und sagte: »Über den redet man am besten gar nicht!« Der andere, der sich mit dem Namen Till Vacano vorgestellt hatte, war auskunftsfreudiger. »Der Konnert ist ein Gangster«, sagte er, »mal macht er Werbung, mal arbeitet er als Journalist, mal verknüpft er beides, und was er sonst noch für Geschäfte macht, liegt im Dunkeln.«

»Aber schreiben kann er«, warf der Kollege ein.

»Zugegeben. Allerdings schreibt er manchmal gar nicht, auch wenn er eine noch so gute Story recherchiert hat.«

»Warum denn das?«, wollte Meier wissen.

Der Wirt servierte zwei Flammkuchen. »Weil er besser damit verdient, sein Wissen nicht zu veröffentlichen …«

»Sondern?«

»Sich dafür bezahlen zu lassen, seine Erkenntnisse für sich zu behalten.«

»Dann wäre er aber ganz schön korrupt«, sagte Valeska.

»Kein Einspruch, Euer Ehren.«

»Und wo findet man den?«, fragte Norbert Meier.

»Seine Stammkneipe ist die *Letzte Instanz«*, antwortete Till Vacano. »Kennste sicher.« Seit dem letzten Glas Wein duzte er alle in der Runde.

Meier schüttelte den Kopf.

»Wessi, was?«, fragte Vacano lachend.

Meier grinste. »Ja, aber seit Geburt Berliner.«

»Dann könntest du es eigentlich wissen: Die *Letzte*

Instanz liegt in der Waisenstraße und ist das älteste Restaurant Berlins. Zille hat da schon gegessen und getrunken, Napoleon soll eines Abends am Kachelofen Buletten verspeist haben, und sehr viel später ging Charly Chaplin regelmäßig in die *Letzte Instanz*, wenn er in Berlin war.«

»Und warum heißt der Laden so?«

»Weil das Gerichtsgebäude seit 1924 ganz in der Nähe war, also sozusagen um die Ecke, in der Littenstraße. In dem Lokal haben vor allem Juristen gesessen, die nach ihren Verhandlungen die Prozesse noch mal durchgekaut haben.«

Vacanos Kollege meldete sich: »Der Till hat eine Restaurant-Kolumne in der *Berliner Zeitung*. Was Lokale anbelangt, ist er ein wandelndes Lexikon.«

»Und dort verkehrt also Fritz Konnert?«, fragte der Kommissar.

»Vor Corona saß er da zwei-, dreimal in der Woche, bis Schluss war. Im Augenblick geht das ja nicht. Höchstens im Biergarten. Aber nu erzähl du mal, warum du das alles wissen willst.«

»Das nächste Mal.« Meier stand auf, legte Geld auf den Tisch, beugte sich zu Valeska hinab, küsste sie in den Nacken, rief: »Man sieht sich!«, und verließ das Lokal.

»Und der lässt dich hier einfach so sitzen?«, fragte der Wirt Valeska.

»Das geht in Ordnung«, antwortete sie und bestellte noch ein Glas Rotwein.

Die Waisenstraße am Rande des Nikolaiviertels, nicht weit von der Spree, erreichte Norbert Meier über die Holzmarktstraße. Er stellte sein Auto im Halteverbot ab und warf einen Blick in den Biergarten, der sich an der alten Stadtmauer entlangzog. Dort saßen einige wenige Gäste. Meier betrat das Lokal. Ein Kellner kam auf ihn zu. »Wegen Corona geschlossen.«

Der Kommissar fingerte seinen Dienstausweis aus der Tasche.

Der Kellner warf einen Blick darauf. »LKA? – Was suchen Sie denn?«

»Erst mal 'n schnelles Bier.«

»Lässt sich machen, wenn Sie es draußen trinken.«

»Gebongt!«, sagte Meier.

Nebeneinander gingen sie zum Tresen. Der Kommissar sah sich um. Der Ziegelfußboden schimmerte in einem matten Rot. Die dunkel getäfelte Wand, die schweren Holztische, die Bänke, die unter den Fenstern entlangliefen, der mächtige Kachelofen – das alles war oder sah zumindest so aus, als wäre es 200 Jahre alt. Auch die laternenähnlichen Lampen, die über dem Tresen und den dunklen Tischen hingen.

Meier nahm das Bier entgegen, trank rasch einen Schluck und wischte sich mit dem Handrücken über die Lippen. »Ich suche Fritz Konnert.«

»Der ist noch nicht da. Aber draußen sitzt einer, der vielleicht auf ihn wartet.«

»Können Sie mir den zeigen?«

»Das ist eine meiner leichtesten Übungen.«

Es waren nur sechs oder sieben Männer, die in dem Biergarten saßen. Sie hielten gebührend Abstand. Einer saß allein an einem Tisch, weit entfernt von den anderen, direkt an der Mauer. Der Kellner nickte zu ihm hinüber. »Dit isser!«

»Stammgast?«

»Er war ein paarmal mit dem Konnert da, aber sonst … – nee!«

»Wissen Sie, wie er heißt?«

»Keine Ahnung.«

»Danke.« Norbert Meier ging zu dem Mann hinüber, der erst aufsah, als der Kommissar mit einem »Guten Abend« an seinen Tisch trat.

Der Gast hob den Kopf. Meier schätzte ihn auf Ende 20. Im schwachen Licht der wenigen Lampen war das Gesicht nicht klar zu erkennen. Die dunklen Haare waren offensichtlich mit Gel straff nach hinten gekämmt. Er trug ein Polohemd und Jeans.

»Darf ich?«, fragte Meier und deutete auf einen freien Stuhl.

»Tut mir leid, ich erwarte noch jemanden. Ist ja Platz genug.«

Meier kniff die Augen zusammen. Irgendwie kam ihm der Mann bekannt vor, aber er wusste nicht, wo er ihm schon einmal begegnet sein konnte.

»Ich weiß, Sie warten auf Fritz Konnert.« Das war Meiers Art, immer gleich direkt vorzugehen.

»Was reden Sie denn da?« Der Mann richtete sich auf.

»Er wird nicht kommen«, sagte Meier.

Jetzt stand sein Gegenüber langsam auf. »Ich versteh kein Wort.«

»Setzen Sie sich doch wieder. Ich erklär's Ihnen gleich.«

Der andere ließ sich wieder auf seinen Gartenstuhl nieder, aber es war nicht zu übersehen, dass sich sein ganzer Körper spannte. Meier setzte sich auf die andere Seite des Tisches und stellte sein Bierglas ab. Im gleichen Augenblick sprang der Gast wieder auf, griff unter den Tisch und warf ihn mit ganzer Kraft gegen Meier. Das Bierglas sprang hoch, traf den Kommissar an der Stirn, und der Inhalt ergoss sich über ihn. Sein Stuhl kippte nach hinten. Seine Versuche, das Gleichgewicht zu halten, scheiterten. Plötzlich lag er mit dem Rücken im Kies, die schwere Tischplatte auf seiner Brust, Gesicht und Schulter pitschnass vom Bier.

Einer der Gäste rief: »Was ist denn da los?«

Ein anderer: »Der haut ab!«

Ein dritter: »Hat der überhaupt bezahlt?«

Mühsam richtete sich der Kommissar auf, schüttelte sich wie ein nasser Hund und richtete den Tisch wieder auf. Der Kellner kam hinzu. »Was ist denn passiert?«

»Frag mich mal was Leichteres«, knurrte Meier.

Der junge Mann war verschwunden. Er sei nach hinten gerannt und über die Mauer geklettert, erklärte einer der Gäste. Die Frage, ob einer von ihnen ihn kenne, verneinten sie.

12

Samstag, 16. Mai 2020

Norbert Meier war schon zwei Stunden vor Dienstbeginn im Büro. Er hatte in der Nacht nur wenig geschlafen. Mit Niederlagen konnte er nicht gut umgehen. Der Gedanke, wie er den anderen von seiner Blamage am Vorabend erzählen sollte, plagte ihn. Er ließ auf der Maschine einen extra starken Kaffee durchlaufen und beschäftigte sich mit den Akten des aktuellen Falles. Und da waren auch die Angaben zu den Fällen, in die Holm Bergmeister früher einmal verwickelt gewesen war: Mit einer Heftklammer angepinnt die Polizeifotos, die bei einer seiner Festnahmen gemacht worden waren. Der junge Mann, der ihm gestern Abend so übel mitgespielt hatte, war Holm Bergmeister gewesen. Meier schlug, wütend über sich selbst, mit der Faust auf den Tisch, dass die Kaffeetasse hochsprang und sich braune Spritzer über die Akte verteilten.

Jenny kam gegen 8.30 Uhr. Carl Finkbeiner keine fünf Minuten später. Er brachte mit Wurst und Käse belegte Brötchen mit. Alle drei setzten sich um den Besprechungstisch, um zu frühstücken. Das war ein altes Ritual an den Tagen, an denen sie im Dienst waren, obwohl sie eigentlich freigehabt hätten.

Peter Heiland traf kurz nach 9 Uhr ein und setzte sich dazu. Er trank nur einen Kaffee.

Norbert Meier räusperte sich ein paarmal, und dann brach es aus ihm heraus: »Ich muss euch etwas erzählen, aber wehe, einer lacht über mich!«

»Klingt ja spannend«, sagte Carl Finkbeiner.

Meier berichtete haarklein und ohne etwas zu beschönigen, was er im *Mauerwinzer* erfahren hatte und wie es ihm im Biergarten der *Letzten Instanz* ergangen war. »Und jetzt kommt's«, sagte er zum Schluss. »Der Typ, der mir durch die Lappen gegangen ist, war Holm Bergmeister.«

»Echt jetzt?«, rief Carl Finkbeiner. »Woher weißt du das? Er hat sich dir ja nicht vorgestellt.«

Wortlos schob Norbert Meier die Akte mit den alten Polizeifotos über den Tisch.

Peter Heiland sagte: »Wenn wir mal zusammentragen würden, wo bei unseren Ermittlungen auf ähnliche Weise etwas schiefgelaufen ist, gäbe das eine ganz schöne Liste. Und ich wäre in diesem Ranking garantiert die Nummer eins.«

»Jetzt ist Holm Bergmeister seit zwei Tagen zur Fahndung ausgeschrieben«, sagte Carl Finkbeiner, »und es tut sich immer noch nichts.«

»Immerhin wissen wir jetzt, dass sich Konnert und Holm Bergmeister öfter getroffen haben«, meinte Jenny. »Vielleicht hatten sie irgendwelche gemeinsamen Pläne.«

»Könnte auch sein, dass sie nur der gemeinsame Hass auf Hans Ulrich Bergmeister verband«, gab Carl Finkbeiner zu bedenken.

Für eine Weile schwiegen alle vier, und jeder hing seinen eigenen Gedanken nach, bis Jenny plötzlich sagte: »Wissen wir eigentlich, ob der alte Bergmeister am letzten Wochenende tatsächlich in Belgien gewesen ist?«

Die anderen schauten sie überrascht an.

»Auf die Frage hätten wir schon früher kommen können«, sagte Peter Heiland.

»Nobody is perfect«, meldete sich Meier.

Und nun lachten doch alle.

Peter Heiland beschloss, wieder einmal Lydia Schlösser aufzusuchen. Obwohl es schon um die Mittagszeit war, als er bei ihr klingelte, kam sie in einem dünnen Morgenmantel an die Tür. Sie war noch nicht gekämmt, hatte kein Make-up aufgetragen und gähnte ungeniert.

»Na, Sie haben mir grade noch gefehlt!«

»Und Sie haben mich angelogen«, sagte Heiland, allerdings in einem freundlichen, eher belustigten Ton.

»Hab ich das?«

»Als ich Sie fragte, ob Sie zu Frank Ulrich Bergmeister fahren würden, haben Sie das glatt verneint.«

»Na und?«

»Sie sind direkt zu ihm gefahren.« Peter wartete darauf, dass sie ihn hereinbitten würde, aber sie blieb barfuß auf der Schwelle stehen und machte keinerlei Anstalten, ihn in ihre Wohnung zu lassen.

»Kann ich reinkommen?«

»Nein, es ist nicht aufgeräumt.«

»Keine Bange, ich werde nicht damit anfangen.«

Der kleine Witz verfing nicht. Plötzlich erschienen rote Flecken auf ihren Wangen, und das hübsche, mädchenhafte Gesicht nahm einen zornigen Ausdruck an. Sie stemmte die Fäuste in die Hüften. »Wenn Sie noch Fragen an mich haben, laden Sie mich doch einfach ins Präsidium vor.« Sie machte einen Schritt zurück und knallte ihm die Tür vor der Nase zu.

Als Peter Heiland langsam die Treppe hinabstieg, sagte er leise zu sich: »So reagiert nur jemand, der ein schlechtes Gewissen hat. Fragt sich nur, warum.«

Er trat auf die Straße hinaus und schaute zum vierten Stock hinauf. Eine Gardine bewegte sich leicht hinter einem der Fenster.

»Schade, dass wir nicht mehr Leute haben«, sagte Peter Heiland eine halbe Stunde später zu seinen Mitarbeitern. »Ich würde diese Frau gern rund um die Uhr observieren lassen.«

»Und warum das?«, fragte Meier.

»Weil sie uns womöglich zu Holm Bergmeister führen könnte.«

Die anderen sahen ihn nur an. Niemand in der Runde schien seiner Meinung zu sein.

Norbert Meier schlug vor, sich noch einmal mit dem Journalisten Till Vacano zu treffen. »Ich hatte so den Eindruck, der weiß mehr über Konnert, als er im Beisein der anderen preisgeben wollte. Vielleicht kennt er ja auch den jungen Bergmeister.«

»Okay«, sagte Peter Heiland, »einen Versuch ist es wert.«

»Wie kriegen wir denn nun raus, ob der alte Bergmeister wirklich in Belgien war, und wenn er dort war, wie er es geschafft hat, trotz der Grenzschließungen zurückzukommen?«, wollte Jenny wissen.

»Wir können ihn zu keiner Aussage zwingen«, sagte Peter Heiland, »aber vielleicht kriegen wir's über Frau Doktor Liesenbrink heraus.«

»Und wer ist das noch mal?«, fragte Jenny Kreuters.

»Die Prokuristin in Bergmeisters Firma.«

»Heute ist Samstag«, meldete sich Finkbeiner. »Da wird sie wohl kaum im Büro sein.«

»Vielleicht versuch ich es bei ihr privat. Die Adresse wird man ja rauskriegen können«, sagte Peter Heiland.

Norbert Meier, der nach seinem Missgeschick in der *Letzten Instanz* am Vorabend meinte, er habe etwas gutzumachen, suchte sofort auf seinem Computer und fand nach kurzer Zeit die Adresse von Frau Doktor Melanie Liesenbrink. Sie wohnte in Lichterfelde an der Billy-Wilder-Promenade.

Die Wohnung der Prokuristin erwies sich als Penthaus auf einem umgebauten Kasernengebäude der einstigen US-Army. Es war kurz nach 15 Uhr, als Peter Heiland dort klingelte.

Im gleichen Augenblick trat eine Frau um die 70, die einen Hund an der Leine führte, aus der Tür. Heiland trat zur Seite und sagte freundlich: »Grüß Gott!«

Die Frau lächelte. »Kommen Sie aus Bayern?«

»Nein, aus Schwaben.«

»Ach ja? Ich auch!«

Sie blieb stehen und hörte ungeniert zu, als sich Frau Doktor Liesenbrink über die Gegensprechanlage meldete.

»Hauptkommissar Peter Heiland hier. Kann ich Sie kurz sprechen?«

»Nein. Kein Interesse!« Es machte Klack. Die Verbindung brach ab.

»Tja, da kann man nichts machen«, sagte Heiland zu sich selbst.

»Heißen Sie wirklich Heiland?«, fragte die Frau mit dem Hund.

Peter lächelte. »Ja, schon mein ganzes Leben lang!«

»Und Sie sind wirklich Kommissar?«

»Ja.«

»So richtig, wie die im Fernsehen?«

»Nein. Ich bin es wirklich richtig. Also, es ist mein Beruf, und der ist ziemlich anders, als man ihn im Fernsehen darstellt.«

»Soso.« Die Frau klang, als wollte sie das nicht so genau wissen. Sie löste die Hundeleine vom Halsband und ließ das Tier frei.

»Das ist ein Golden Retriever, nicht wahr?«, fragte Peter Heiland.

»Ja. Er ist schon zwölf Jahre alt.«

Peter Heiland machte sich auf den Weg zu seinem Auto, das er ein ganzes Stück entfernt auf einem Parkplatz abgestellt hatte. Das ganze Viertel war ehemals ein US-Militärgelände gewesen, in dem amerikanische Einheiten bis in die frühen 90er-Jahre untergebracht gewesen waren und das nach deren Weggang aufwendig saniert und zu einem prächtigen, erstaunlich grünen Stadtviertel ausgebaut worden war. Die Frau ging neben ihm her. In der Mitte des kleinen Parks lag ein Teich, der von jungen Bäumen umstanden war. »Bei den Amerikanern war das früher ein Exerzierplatz«, sagte die Hundebesitzerin.

»Denkt man gar nicht«, antwortete Heiland höflich. »Ja, dann ...« Er wollte schnell weitergehen.

»Die Frau Liesenbrink ist eine komische Person«, sagte die Hundebesitzerin.

Er blieb stehen. »Ja? – Wie meinen Sie das?«

Die Frau setzte sich auf eine Parkbank. Ihr Hund jagte ein paar Enten in den Teich, folgte ihnen aber nicht ins Wasser.

»Die wohnt jetzt schon über zwei Jahre im Haus und hat noch keine drei Worte mit mir gesprochen. Sie redet überhaupt mit niemandem.«

»Lebt sie denn allein?« Peter Heiland setzte sich in gebührendem Abstand zu der Frau auf die Bank.

»Wie man's nimmt.«

Heiland sah sie an. »Wie kann man's denn nehmen?«

»Na ja. Sie hat wohl einen Freund. Ein imponierender Mann, muss ich schon sagen, etwa so groß wie Sie, kräftig …«

Plötzlich hatte Peter Heiland einen Einfall: »Breitschultrig, mit einem mächtigen Schädel und einem Schnauzbart, der bis über die Lippen hinuntergeht.«

»Ja, genau. Und er fährt so ein dickes Auto, bei dem man immer denkt, es passt nicht durch die Straße. Und meinen Sie, der parkt anständig auf dem Parkplatz? I wo! Der fährt durch den Fußgängerbereich bis dicht vor die Tür. Und da stellt er die Kiste hin.«

»Na ja, wenn er immer rasch wieder wegfährt.«

»Nee, Sie, der bleibt da auch stehen, wenn er über Nacht oder das ganze Wochenende da ist.«

Peter beschloss, sich weiter auf ein Gespräch einzulassen. »Man hört Ihnen gar nicht an, dass Sie Schwäbin sind«, sagte er freundlich.

»Des han i mir abg'wöhnt, weil die Berliner ons Schwoba ja net möget.« Sie beugte sich zu Heiland herüber und wollte ihre Hand auf seinen Arm legen, zuckte aber im letzten Augenblick zurück. »Man muss ja so aufpassen!«

»Wisset Sie denn, ob der Mann letztes Wochenende au bei der Frau Liesenbrink gwesa ischt?«, fragte Peter und fiel bewusst in seinen Heimatdialekt.

»Ja freilich. Aber da hat der Herr Siebert im Erdg'schoss zu ihm g'sagt, er soll sein Karre doch bitte auf da Parkplatz schtella.«

»Und das hat er dann auch gemacht?«

»Ja, aber erscht, nachdem ihm der Siebert gedroht hat, er ruft sonscht die Polizei!«

Der Hund kam zurück und beschnüffelte Peter Heilands Knie. Der Kommissar kraulte das Tier hinter den Ohren. »Du gefällst mir«, sagte er.

»Ja, er ischt ein ganz ein Schöner«, sagte die Frau neben ihm stolz.

Peter wandte sich nun ganz seiner Banknachbarin zu und sah ihr fest in die Augen. »Das wär jetzt wichtig für mich«, sagte er bedeutungsvoll. »War denn dieser Mann das ganze letzte Wochenende hier?«

»Ja freilich! Vom Freitag bis zum Montagabend. So gege sechse am Montagnachmittag ischer wegg'fahre. Ich hab ihn beobachtet, wie er zum Parkplatz gange ischt. Es hat ja so g'regnet, ond er hat koin Schirm dabeig'habt. Er hätt einem beinah leidtun könne, gell, Jonathan«, sagte sie zu ihrem Hund.

»Heißt er wirklich Jonathan?«

»Hmm«, machte die Frau, fasste in die Tasche ihrer Jacke und zog eine Handvoll Leckerli für den Hund heraus. »Also das hat mir jetzt richtig gutgetan, mal wieder zu schwäbeln«, sagte sie mit einem fröhlichen Glitzern in den Augen.

»Darf ich Sie nach Ihrem Namen fragen? Meinen kennen Sie ja schon.«

»Mathilde Bäuerle. Ich bin Klavierlehrerin, habe aber kaum noch Schüler. Am Wochenende darf ich nicht unterrichten und nicht mal üben. Das hat die Liesenbrink erreicht.«

»Sie mögen die nicht, hab ich recht?«

»Die ist ja auch nicht zum Mögen!«

Peter Heiland stand auf. »Ich hab früher auch mal Klavier gespielt. Allerdings mehr schlecht als recht.«

»Man muss es den Kindern so beibringen, dass sie Spaß daran haben«, antwortete die Frau, die auf der Bank sitzen blieb.

»Ich wünsche Ihnen alles Gute!« Peter Heiland deutete eine Verbeugung an.

»Das war jetzt schön!«, sagte sie.

»Ja, und Sie haben mir sehr geholfen!«

Als er ein gutes Stück Richtung Parkplatz gegangen war, beugte sich die Frau zu ihrem Hund hinunter.

»Des war jetzt amal a netter Mensch, gell, Jonathan? Man denkt gar net, dass so einer Polizist ischt.«

Bevor er losfuhr, rief Peter Heiland Carl Finkbeiner im Büro an. »Wir wissen jetzt mit ziemlicher Sicherheit, dass Frank Ulrich Bergmeister am vergangenen Wochenende nicht in Belgien gewesen ist, sondern bei seiner Prokuristin in deren Wohnung, und zwar bis 18 Uhr am Montag.«

»Mein lieber Mann!«, entfuhr es Finkbeiner.

»Und wir können dann wohl davon ausgehen, dass Lydia Schlösser eher etwas mit dem jungen Bergmeister hat als mit dem alten.«

»Es sei denn, der Alte hat etwas mit seiner Prokuristin *und* mit seiner Putzfrau.«

Till Vacano stand im Telefonbuch. Er wohnte in Kreuzberg, ganz in der Nähe des Mariannenplatzes, wo auch Jenny Kreuters ihre Wohnung hatte. Nobert Meier traf ihn vor seinem Computer an. Der Journalist lebte allein, und eines seiner Hobbys war es, Flüge großer Passagiermaschinen zu simulieren, sie zu starten, den Weg zum Zielort zu führen und sicher zu landen. Im Augenblick war es gerade ein Flugzeug der *Air France*, das sich im Landeanflug auf Hongkong befand, weshalb Vacano auch nur ganz kurz an der Tür gewesen war und ohne jede Begrüßungsfloskel gerufen hatte: »Kommen Sie rein. Ich bin gleich für Sie da!«

Fasziniert sah Meier auf einem Bildschirm das Cockpit einer Maschine und durch die Frontscheibe des Fliegers die rasch näher kommende Landebahn. Vacano saß weit vorgebeugt auf einer schwarzen Ledercouch, die Hände auf der Computertastatur. Der Flieger auf dem Bildschirm setzte weich auf und bremste heftig ab.

Meier war dicht hinter die Couch getreten und schaute gebannt zu. »Super! Tadellose Landung!«

»Danke!« Vacano schaltete aus. »Über 500 Trainingsstunden hier auf meinem Sofa!« Er stand auf. »Kann ich Ihnen etwas anbieten?«

»Was haben Sie denn so in Ihrer Bordküche?«

»Einen wirklich exzellenten Whisky.«

»Ja dann!«

»Setzen Sie sich doch!« Vacano hatte offenbar vergessen, dass er den Kommissar im *Mauerwinzer* geduzt hatte. Er stand auf und ging zu einer Hausbar, der er eine Whiskyflasche und zwei Gläser entnahm. »Mit Eis oder Soda?«

»Am liebsten pur.«

»Da haben wir den gleichen Geschmack.« Er goss ein und kam mit den Gläsern zurück.

Unvermittelt ging er wieder zum Du über: »Deine Freundin, diese wirklich reizende Russin, hat uns erzählt, dass du Kriminalkommissar bist.«

»Ich hatte ihr eigentlich verboten …«

»Hast du schon mal drüber nachgedacht, was es bringt, einer Frau etwas zu verbieten?«

»Nee! Aber nu weißte ja, warum ich so neugierig nach Konnert gefragt habe.«

»Und? Hast du ihn gefunden?«

»Den musste ich nicht finden. Ich wusste, wo er war.«

»Wo denn?«

»In der Gerichtsmedizin als Leiche!«

Vacano verschluckte sich an seinem Whisky und bekam einen Hustenanfall. Meier klopfte ihm kräftig auf den Rücken. »Er wurde vorgestern auf einer Parkbank im Tiergarten erschossen.«

»Du machst aber auch keine Umwege, wenn du einem was erzählen willst.«

»Warum auch? Ihr wart doch keine Freunde.«

»Aber ganz gute Kollegen. In den letzten zwei Jahren allerdings nicht mehr.«

Norbert Meier sah Vacano fragend an, ohne etwas zu sagen.

Der Journalist nahm einen Schluck. »Da bin ich dahintergekommen, was für ein hinterhältiges Arschloch er ist -- er *war*«, verbesserte er sich. »Mich wundert nicht, dass er so gestorben ist. Aber warum stand davon nichts in unserer Zeitung?«

»Weil unsere Presseabteilung noch keine Meldung rausgegeben hat. Aus ermittlungstechnischen Gründen, wie es immer so schön heißt. – Und was nimmst du dem Konnert so übel?«

»Das ist eine längere Geschichte: Ich gehörte damals noch zu einem Reporterteam. Wir waren einem riesigen illegalen Waffengeschäft auf der Spur. Es ging um Maschinengewehre, Bazookas, kleinere Geschütze, jede Menge Munition und so weiter. Wir wussten, wann und wo der Transport von Rotterdam abgehen sollte, getarnt als Maschinenteile für Textilfabriken im Libanon. Unsere holländischen Kollegen, mit denen wir eng zusammengearbeitet haben, waren sogar an Kopien der gefälschten Transportpapiere herangekommen. Der Frachter sollte in der Nacht beladen werden und vor Morgengrauen ablegen. Unser Team war im engen Kontakt mit der Polizei. An dem fraglichen Morgen stürmten die Beamten das Schiff und fanden – nichts! Die Waffenhändler waren gewarnt worden. Und nun frag mich, von wem?«

»Gehörte denn Konnert zu eurem Team?«

»Er war damals Desk-Redakteur, also der Mann in der Zentrale, bei dem die Berichte zusammenliefen und der daraus die Geschichte formulieren sollte. Schreiben konnte er ja. Der konnte auf 'ner Glatze Locken drehen, wie wir so sagen. Natürlich wusste er alles, was wir rausbekommen hatten. Aber was wir in der Hand hatten, reichte nicht, um die Geschichte zu publizieren. Jeder halbwegs gerissene Anwalt hätte unseren Bericht in der Luft zerrissen und wäre womöglich mit einer Schadenersatzklage durchgekommen.«

Meier trank den letzten Schluck Whisky und hielt das leere Glas seinem Gastgeber hin. »Ihr wusstet, wer die Geschäftemacher waren, und konntet es nicht beweisen?«

»Genau so war's.« Vacano schenkte nach.

»Und was waren das für Leute?«

»Die Fäden zog ein gewisser Nidal Chahrour Al-Bakr.«

»Echt jetzt?«, schrie Meier.

Till Vacano sah den Kommissar überrascht an. »Kennst du den etwa?«

»Nein, aber er taucht in unserem Fall auf. – Hast du sonst noch Namen?«

»Na ja, die Im- und Exportfirma, die den Frachter gechartert hatte, gehört einem gewissen Frank Ulrich Bergmeister.«

»Ich glaub's ja nicht!«, stieß Meier hervor.

»Aber der konnte glaubhaft versichern, dass er nur Maschinenteile in den Libanon exportieren wollte. Und wir konnten ihm das Gegenteil nicht beweisen.«

»Aber dass Konnert die Geschichte verraten und die Waffenhändler rechtzeitig gewarnt hatte – das konntet ihr beweisen?«

»Nein. Er hat Stein und Bein geschworen, dass er absolut dichtgehalten habe. Der Maulwurf müsse ein anderer gewesen sein. Dass er Jahre zuvor mal für Bergmeister gearbeitet hatte, war nur ein Indiz. Und wir konnten auch nicht feststellen, dass der ewig klamme Kollege plötzlich zu Geld gekommen wäre. Er lebte genauso ärmlich von der Hand in den Mund wie zuvor. – Du hast gesagt, er sei erschossen worden?«

»Ja!«

»Weiß man, von wem?«

»Bis jetzt haben wir keine Ahnung.«

Vacano füllte sein eigenes Glas noch mal und nahm einen kräftigen Schluck. »Ich hab ja immer vermutet, der Konnert hat für seinen Verrat eine Riesensumme kassiert und für spätere Zeiten gebunkert. Bei uns hat er, kurz nachdem unsere Recherchen geplatzt waren, gekündigt, mit der Begründung, man unterstelle ihm, unsere Nachforschungen verraten zu haben. Da konnte er sich gewaltig aufregen. Reines Mobbing sei das, Konkurrenzneid, weil wir ihm journalistisch das Wasser nicht reichen könnten. Ich könnt' heute noch kotzen, wenn ich daran denke.«

»Aber ihr habt keinen Beweis dafür gefunden, dass er sich hatte bestechen lassen?«

»Nein. Ich sage ja: Konnert hat genauso gelebt wie zuvor.«

»Und ihr habt den Fall nicht weiterverfolgt?«

»Ich bin aus dem Team ausgestiegen und arbeite jetzt in der Lokalredaktion.«

An der kleinen Konferenz am Nachmittag nahmen nicht nur Peter Heiland und seine Mitarbeiter, sondern auch zwei Kollegen aus der Abteilung Wirtschaftskriminalität teil. Einer von ihnen vertrat Hanna Heiland, die nur zu gerne mit dabei gewesen wäre, sich aber um ihren Sohn Heinrich kümmern musste. Und so bestand sie am Abend darauf, dass Peter ihr haarklein erzählte, wie der Stand der Ermittlungen war.

»Wir müssen davon ausgehen«, berichtete Peter, »dass Frank Ulrich Bergmeister an illegalen Waffenlieferungen in die arabischen Krisengebiete beteiligt ist. Und es erhärtet sich der Verdacht, dass Nidal Chahrour Al-Bakr der Vermittler bei diesen Geschäften ist.«

»Aber das bringt euch im Fall Aneta Mitrasca nicht weiter.«

»Stimmt. Da müssen wir noch mal neu ansetzen, nachdem wir jetzt wissen, dass der alte Bergmeister nicht im Ausland war. Am Sonntagabend hat er seine Geliebte gegen 18 Uhr verlassen. Er kann sehr wohl in seine Villa gefahren sein.«

»Hast du eine Vorstellung, welche Rolle Konnert gespielt hat?«

»Nein. Sein Ex-Kollege Vacano geht ja davon aus, dass sich Konnert für seinen Verrat mit sehr viel Geld hat bezahlen lassen. Und Norbert Meier meint, der habe vermutlich noch ganz andere Dinge am Laufen gehabt, weil er sich für kein schmutziges Geschäft zu schade gewesen sei.«

»Man wird ja wohl an seine Bankkonten rankommen können«, gab Hanna zu bedenken.

»Ja, das wollen deine Kollegen von der Wirtschaft klären.«

»Und was ist mit Holm Bergmeister?«

»Den suchen wir immer noch. Er ist natürlich nach wie vor der Hauptverdächtige im Mordfall Konnert. Er konnte an die Tatwaffe herankommen …«

»Wenn er in der Nacht zum Dienstag überhaupt in der Villa gewesen ist«, unterbrach Hanna ihren Mann.

»Na ja, er könnte die Pistole auch zu einem früheren Zeitpunkt an sich gebracht haben. Aber du hast recht. Bevor wir nicht wissen, wer bei dieser Party dabei war und was dort geschehen ist, kommen wir nicht weiter.«

13

Sonntag, 17. Mai 2020

Norbert Meier hatte sich freiwillig zum Bereitschaftsdienst am Sonntag gemeldet, weil Valeska das ganze Wochenende über ungestört an ihren Examensvorbereitungen arbeiten wollte. Sie musste die Prüfung zur Diplomsportlehrerin, die sie einst in Russland erfolgreich absolviert hatte, in Deutschland noch einmal ablegen, und sie hatte festgestellt, dass sie das meiste, was sie einst gelernt hatte, leider wieder vergessen hatte. Dazu kam, dass sie ständig bemüht war, ihre deutschen Sprachkenntnisse zu verbessern, was Meier für unnötig hielt. »Du sprichst so gut Deutsch«, sagte er. »Und wenn du immer weiterlernst, geht dir womöglich dein wunderschöner Akzent verloren.«

Jetzt saß der Kriminalhauptkommissar Norbert Meier allein im Gemeinschaftsbüro an seinem Schreibtisch und schob lustlos einen Stapel Akten hin und her. Das meiste war ohnehin erledigt und musste nur noch abgezeichnet und archiviert werden. Meier nahm die oberste Akte, schlug sie auf. Kein spektakulärer Fall. Er las das Protokoll und blieb dann an dem abschließenden kurzen Bericht seines einstigen Chefs Ron Wischnewski hängen. Sie alle hatten ihn respektiert, wenn nicht sogar geliebt. Vor allem Hanna und Peter Heiland, die nach und nach eine enge Beziehung zu Wischnewski aufgebaut hatten, an der sie auch noch festhielten, als der Kriminaldirektor, der ein massives Alkoholproblem hatte, vorzeitig in Pension gegangen war.

Die meisten Morde seien Beziehungstaten, hatte Ron Wischnewski immer gesagt. In diesem Bericht schrieb er:

»Die Täterin, Anna K., 58, wollte eigentlich gerade den Sonntagsbraten am Tisch tranchieren. Ohne Vorankündigung stieß sie ihrem Gatten das Messer in die Brust. Er hatte sie 20 Jahre lang nur drangsaliert. Danach rief sie uns an. Ich bin hingefahren, während die Spurensicherung ihre Arbeit gemacht hat, habe mich neben die Frau auf dem Sofa gesetzt und ihre Hand gehalten. Sie hat die ganze Zeit geweint, und zum Schluss hat sie gesagt: ›Ich bin so froh, dass ich endlich den Mut gehabt habe.‹«

Norbert Meier schüttelte den Kopf. Undenkbar, dass heute noch jemand so eine persönliche Einlassung in eine dienstliche Akte geschrieben hätte. Erst gestern hatte er die gesammelten Berichte der acht Mordkommissionen des Landeskriminalamts gelesen. Es war eine Statistik beigefügt gewesen, die über die steigende Zahl der Gewalttaten im familiären Bereich Auskunft gab. Seit Beginn der Coronapandemie hatten sie um 32 Prozent zugenommen. Das kam davon, wenn man die Menschen zu Hause einsperren musste und ihnen über Tage und Wochen keine Gelegenheit geben konnte, sich aus dem Weg zu gehen.

Norbert Meier wurde von einer für ihn unerklärlichen Unruhe getrieben. Immer wieder stand er auf und lief in dem weiträumigen Büro umher, setzte sich wieder, nur um sich nach wenigen Augenblicken erneut zu erheben und hin und her zu gehen.

Plötzlich fasste er einen Entschluss: Er sagte der Zentrale Bescheid, dass er für zwei Stunden für eine Ermittlung aus dem Haus müsse. Wichtige Gespräche sollten zur Dritten Mordkommission umgeleitet werden. Er werde dem diensthabenden Kollegen dort Bescheid geben. Dann holte er sich bei der Spurensicherung den Schlüsselbund, der in der Tasche Konnerts gefunden worden war, unterschrieb dafür und verließ das Präsidium.

Der Schillerkiez lag ungewöhnlich ruhig da. Graue Wolken hingen tief über dem Stadtviertel. Ein leichter Nieselregen ging nieder. Es waren nur wenige Menschen auf den Straßen. Aber es war ein wenig wärmer als in den letzten Tagen.

Die Wohnung sah genauso aus, wie er und Carl Finkbeiner sie am Donnerstag angetroffen hatten. »Irgendeinen Hinweis muss es doch geben«, knurrte Meier leise, als er den Kleiderschrank öffnete. Er nahm den einzigen Anzug heraus, der dort hing, und klopfte ihn ab, durchsuchte die Taschen und fand – nichts! Er griff nach den Schuhen, die am Boden des Schranks standen, wendete sie hin und her und fuhr mit der Hand in jeden einzelnen hinein. Seine Finger ertasteten einen Zettel. Es war die Reparaturrechnung eines Schusters in der Sulzaer Straße in Schmargendorf. Die Sulzaer Straße ging kurz hinter dem Hohenzollerndamm von der Berkaer Straße ab, in der Lydia Schlösser wohnte. Aber das musste erst mal nichts bedeuten.

Meier verließ die Wohnung und fuhr nach Charlottenburg. Er parkte am Savignyplatz und ging zu dem Haus in der Knesebeckstraße, in dem Arabella ihr Bordell betrieb. Es waren kaum Fußgänger unterwegs. Die Stadt machte einen unbelebten, tristen Eindruck. Das graue Wetter, das Berlin umhüllte, trug dazu bei. »Berlin, wat is bloß aus dir jeworden«, sagte Meier leise vor sich hin.

Diesmal war die Tür verschlossen. Er klingelte, und nach ziemlich langer Zeit hörte er Arabellas Stimme: »Wer ist da?«

»Ich bin's, Norbert Meier, der Polizist.«

»Was willst du?«

»Sag ich dir gleich.«

»Ich hab keine Zeit.«

»Die wirst du dir nehmen müssen. Dauert auch nicht lange.«

Das Schloss schnarrte. Meier stieß die schwere Eichentür auf und eilte, immer drei Stufen auf einmal nehmend, hinauf in den ersten Stock. Die Besitzerin des Etablissements trug einen grauen Jogginganzug, war nicht geschminkt und nur nachlässig gekämmt.

»Mensch, Bulle, du nervst«, grummelte sie.

Meier trat in den plüschigen Vorraum. »Bist du allein?«

»Die Verhältnisse zwingen mich dazu. Das hab ich dir ja schon mal gesagt.«

Meier setzte sich in einen der roten Sessel, die in akkurater Reihe an der Wand standen.

»Also, was willst du?«, fragte Arabella.

»Ich muss mit einem der Mädchen reden, die bei der Beerdigung von Aneta Mitrasca waren.«

»Das würde ich auch gerne!«

Überrascht sah der Kommissar sie an. »Was soll denn das heißen?«

»Sie sind verschwunden. Alle sieben!«

»Und was bedeutet das?«

»Keine Ahnung. Keine von ihnen hat auch nur mal angerufen, geschweige denn, dass eine von denen hier aufgetaucht wäre.«

»Hast du was zu trinken für mich?«

»Du musst dir's hier nicht gemütlich machen!«

»Gib mir einen Schluck, und ich erzähl dir was.«

Sie sah ihn ein paar Augenblicke an, offenbar unentschlossen, ob sie sich darauf einlassen sollte, dann fragte sie: »Cognac?«

»Gerne!«

Sie ging zu dem Glasschrank, nahm zwei Gläser und eine Flasche *Hennessy* heraus, reichte Meier einen der Cognacschwenker und die Flasche. Er goss für beide ein, schwenkte die braune Flüssigkeit in dem bauchigen Glas und nahm einen ersten Schluck. »Zur Trauerfeier für Aneta Mitrasca hat ein Mann die sieben Mädels in einem VW-Bus gebracht. Das Fahrzeug ist auf Fritz Konnert zugelassen, wie wir inzwischen ermittelt haben. Die Kiste wurde direkt hinter dem Bentley eines gewissen Nidal Chahrour Al-Bakr geparkt. Sagt dir der Name etwas?«

Arabella Wychniak sah den Kommissar mit undurchdringlicher Miene an, antwortete aber nicht.

Meier grinste. »Keine Antwort ist auch eine Antwort. – Nach der Trauerfeier sind deine Mädels, so schnell sie konnten, wieder in den VW-Bus gehüpft, und der ist davongerast. Al-Bakr kam über den Platz gerannt, rief etwas, lief dem Kleinbus noch ein paar Schritte hinterher und ging dann zu seinem Bentley. Aber das Auto war auf mindestens zwei Reifen platt. Der Araber war stinksauer. – So weit die Geschichte. Und nun sag mir, was da wohl passiert ist.«

Frau Wychniak biss sich auf die Unterlippe, sagte aber immer noch nichts.

»Dass Konnert inzwischen tot ist – hat sich das bis zu dir herumgesprochen?«

»Was? Was redest du denn da?«

»Er ist am Donnerstag erschossen worden. Auf einer Parkbank im Tiergarten, und zwar mit der Pistole eines gewissen Frank Ulrich Bergmeister, die vermutlich dessen Sohn Holm geklaut hat.«

»Du meinst, Holm Bergmeister hat Fritz Konnert erschossen?«

Meier beugte sich auf seinem Sessel weit vor. »Die Art, wie du das fragst, sagt mir, dass du beide kennst.«

»Ich sage nichts! Ich will in keinen Zeugenstand.«

»Und wenn ich dir verspreche, dass alles, was wir jetzt reden, absolut unter uns bleibt?«

»Schenkst du mir noch mal ein?« Arabella hielt ihr Glas hoch. Meier stand auf, ging zu ihr hinüber und goss nach.

»Den Konnert kenne ich schon lange. Der war mal ein richtig guter Journalist«, sagte Arabella.

»Hab ich von gehört«, Meier kehrte zu seinem Sessel zurück.

»Aber irgendwann wollte er ans große Geld«, fuhr Arabella fort.

Meier nickte, als wollte er sagen, auch das ist mir bekannt.

»Und dazu sollte ihm wohl Nidal Chahrour Al-Bakr verhelfen.«

»Und? Hat er?«

»Ich glaube, schon.«

Meier trank sein Glas aus und stellte es auf dem Boden neben seinem Sessel ab. »Nidal Chahrour Al-Bakr handelt mit Waffen.«

Arabella Wychniak schnäuzte sich in ein feines seidenes Taschentuch. »Wenn es nur das wäre …«

Meier sah sie gespannt an. »Nun sag schon!«

»Kannst du dir doch denken, er handelt auch mit Frauen.«

»Was?«

»Ich weiß nicht, wie viele er mit all seinem Geld und seinen Versprechungen in irgendwelche arabischen Scheichtümer gelockt hat, wo sie jetzt in einem Harem sitzen.«

Meier musste erst einmal tief durchatmen. »Und du meinst, dass auch die sieben Girls, die bei der Trauerfeier waren, dafür vorgesehen waren, ja?«

Den nächsten Schluck nahm Arabella direkt aus der Flasche. »Leider bin ich viel zu spät dahintergekommen.«

Meier hielt es nicht mehr in seinem Sessel. Er sprang auf und lief in dem Empfangsraum auf und ab. »Menschenskind! Warum sprecht ihr nicht mit uns, bevor die Kinder in den Brunnen gefallen sind.«

»Weil's lebensgefährlich wäre. Dass ich jetzt so mit dir rede, ist es auch.«

»Ich hab dir versprochen, ich werde deinen Namen nicht ins Spiel bringen. Obwohl …«

»Obwohl was?«, kam es scharf von Arabella.

»Obwohl ich davon ausgehen muss, dass du bei diesem Menschenhandel bisher nicht unbeteiligt gewesen bist.«

Arabella senkte ihren Kopf, bis er fast ihre Knie berührte. »Dass die sieben Mädels jetzt nicht in einem Flieger nach Beirut oder nach Oman sitzen, haben sie auch mir zu verdanken.«

»Wie das?«

»Eines Tages ist Holm Bergmeister hier aufgetaucht. Ich hab den vorher nicht gekannt. Niemand hier hat ihn gekannt. Aber er wusste über Al Bakrs und Konnerts Geschäfte Bescheid. Er hat gesagt: ›Entweder ist Schluss damit, oder ich hänge euch alle hin!‹«

»Und das hast du ernst genommen?«

»Du hättest ihn erleben müssen. Ich habe noch nie einen entschlosseneren Menschen erlebt. ›Ich werde die acht Frauen retten!‹, hat er gesagt.«

»Acht!«

»Ja, da gehörte Aneta Mitrasca ja noch dazu.«

»Die acht jungen Frauen sollten also in ein arabisches Land verfrachtet werden?«

»Ja, was denn sonst?«, schrie Arabella plötzlich viel zu laut. »Hast du's endlich begriffen, Bulle?«

Meier blieb gelassen. »Jetzt scheinen sie ja in Sicherheit zu sein«, sagte er mit betont ruhiger Stimme und setzte sich wieder.

»Ich habe keine Ahnung, wo dieser Holm Bergmeister und seine Freunde die Mädels hingebracht haben.«

Es trat eine Pause ein. Arabella saß mit tief gesenktem Kopf in ihrem Sessel, die Cognacflasche in ihren Händen, richtete sich immer mal wieder auf, nahm einen Schluck und versank dann wieder in die gleiche Haltung.

Endlich begann sie wieder leise zu sprechen: »Bei mir ist es nur einmal passiert, dass Frauen auf diese Weise verschwunden sind. Sie wurden für einen normalen Job engagiert und sind dann nicht wiedergekommen.«

»Wie viele?«

»Drei.«

»Und alle drei nicht registriert, nehme ich an.« Meier stand auf, nahm Arabella die Flasche aus der Hand und stellte sie in den Glasschrank zurück.

Arabella Wychniak ging nicht darauf ein. »Ein zweites Mal wollte ich das auf keinen Fall mehr zulassen. Und dann ist ja zum Glück Holm Bergmeister aufgetaucht.«

»Wer hat denn die Mädchen engagiert?«

»Meistens Konnert.«

»Und in den anderen Fällen?«

»Sag ich nicht.«

»Nu komm schon!«

»Nein. Auf gar keinen Fall. Den Namen erfährst du nicht von mir.«

Meier trat noch einmal zu der Bordellwirtin, legte ihr sanft seine rechte Hand in den Nacken und sagte: »Wir kriegen das auch anders raus, Arabella. Und dir soll kein Schaden entstehen.«

Er verließ das Etablissement und ging langsam die Treppe hinunter. Als er ins Freie trat, riss im Westen der graue Himmel auf. Norbert Meier war sehr mit sich zufrieden. Er hatte im Alleingang an diesem Sonntag mit seinen Ermittlungen mehr Erfolg gehabt als die gesamte Crew in der ganzen letzten Woche. Er würde schon noch beweisen, wer der bessere Kriminalist war.

14

Montag, 18. Mai 2020

Als Heiland seinen Wagen vor Bergmeisters Villa im Pflasterweg abstellte, sah er direkt vor dem Haus das Alfa-Romeo-Cabrio Lydia Schlössers stehen. Und so war er nicht sonderlich überrascht, als nach seinem Klingeln die Putzfrau öffnete. Überrascht war er allerdings über ihr Outfit. Sie trug einen eng anliegenden Sportanzug, der ihre dralle Figur voll zur Geltung brachte. Sie kniff die Augen zusammen und fuhr ihn unfreundlich an: »Was wollen Sie denn?«

»Guten Morgen erst mal!« Der Kommissar musterte Bergmeisters Zugehfrau.

Lydia Schlösser sah an sich hinunter und wurde ein bisschen rot. »Wenn wenig zu tun ist, erlaubt mir Herr Bergmeister, seinen Fitnessraum zu benutzen.«

»Ist er denn da?«

Noch ehe sie antworten konnte, hörte man die Stimme des Hausherrn: »Lydia, was ist denn? Wer hat da geklingelt?« Bergmeister kam eine Treppe aus dem Untergeschoss herauf. Er trug einen Bademantel. »Ach, Sie sind's? Ich komme grade vom Schwimmen.« Dann wandte er sich an Frau Schlösser: »Sie können jetzt unten saubermachen, Lydia.«

»Mach ich«, sagte sie und verschwand.

»Neuigkeiten?« Bergmeister rubbelte mit einem Handtuch seine nassen Haare trocken.

»Wollen wir uns hier unterhalten?«, fragte Peter Heiland.

»Warum nicht? Es wird ja nicht lange dauern.«

»Schauen wir mal. Sie waren am letzten Wochenende nicht in Belgien.«

»Was soll denn das? Natürlich war ich dort.«

Peter Heiland lächelte. »Auch Sie können nicht in Brüssel oder Antwerpen oder wo auch immer und gleichzeitig in Lichterfelde an der Billy-Wilder-Promenade gewesen sein.«

»Hoppla!«, rief Bergmeister und lachte. »Haben Sie mich erwischt.«

»So könnte man sagen, ja.«

»Na gut. Ich gebe es zu. Eine kleine Affäre, Sie verstehen?«

»Nö!«, sagte Peter Heiland trocken.

»Frau Doktor Liesenbrink arbeitet seit über 20 Jahren für mich.« Bergmeister senkte die Stimme und sah sich kurz über die Schulter um. »Sie ist eine attraktive Frau und irgendwann … bei Tucholsky heißt es über Menschen in ihren Büros: ›Die Leiber wachsen zusammen‹ …« Bergmeister sah den Kommissar an. »Aber Sie verstehen das ja nicht!«

Peter Heiland lächelte. »Meine Frau ist eine Kollegin von mir.«

»Na also!«

»Aber das ist was anderes. Wir sind verheiratet, und ich nehme mal an, Sie waren es auch noch, als Sie die Affäre mit Ihrer Prokuristin begonnen haben.«

»Wollen Sie jetzt moralisch werden?«

Peter Heiland winkte ab. »Warum haben Sie behauptet, in Belgien zu sein?«

»Mann, das liegt doch auf der Hand. Wir halten unsere Beziehung geheim, und ich ... also, es war ja eh Homeoffice angesagt. Ob ich nun hier oder an der Billy-Wilder-Promenade am Computer sitze, macht für mich keinen Unterschied.«

»Und als Sie mit mir telefoniert haben, saßen Sie also gemütlich in Frau Doktor Liesenbrinks Wohnung?«

»So ist es.«

»Die haben Sie aber am Sonntag um 18 Uhr verlassen.«

»Wer behauptet das?«

»Dafür gibt es Zeugen. Sie können sich vielleicht vorstellen, dass es Leute gibt, die Sie beobachten, schon deshalb, weil Sie Ihr Auto gelegentlich direkt vor dem Haus im Fußgängerbereich stehen lassen.«

»Ach, haben Sie mit diesem Denunzianten, diesem ... diesem ... wie heißt er doch gleich ...?«

Peter Heiland antwortete nicht, sondern sah Bergmeister nur unverwandt weiter an.

»... diesem Siebert aus dem Erdgeschoss geredet?«

»Es gibt nicht nur einen Zeugen«, antwortete Peter Heiland. »Wo sind Sie denn nach 18 Uhr gewesen?«

Bergmeisters Gesicht lief rot an. »Ist das ein Verhör, oder was?«

»Eine Bitte um Auskunft«, antwortete Peter mit einem schmalen Lächeln auf den Lippen.

»Er war bei mir!« Keiner der beiden Männer hatte Lydia Schlösser kommen hören. Sie stand plötzlich schräg hinter dem Hausherrn, hatte einen Putzeimer neben ihren Füßen abgestellt und hielt einen Schrubber in der Hand. Sie trug noch immer den sehr körpernahen Sportanzug, hatte aber ihre Haare in ein Kopftuch eingebunden.

»Und was wollte er bei Ihnen?«

»Das geht Sie nichts an!«, schnappte Lydia Schlösser.

Peter Heiland sah Bergmeister ins Gesicht. Der Unternehmer war von der Aussage seiner Putzhilfe offensichtlich nicht weniger überrascht als der Kommissar. Jetzt räusperte er sich und sagte: »Es gibt eben manchmal einiges zu besprechen.«

»Und danach sind Sie nach Hause gefahren?«

»Natürlich nicht, dann hätte er ja gemerkt, was da gelaufen ist«, meldete sich wieder Frau Schlösser.

Peter Heiland sah ihr in die Augen. »Würden Sie bitte Herrn Bergmeister antworten lassen, wenn ich Herrn Bergmeister frage?«

Plötzlich schrie der Hausherr: »Der Herr Bergmeister verbittet sich alle weiteren Fragen!« Er trat einen Schritt zurück und warf die schwere Eingangstür zu.

Einen Augenblick überlegte Peter Heiland, ob er noch einmal klingeln sollte, wandte sich dann aber ab und ging über den geschwungenen Plattenweg zur Straße zurück. An der Gartenpforte blieb er stehen, zog einen Formularblock aus der Tasche, füllte eine Vorladung für Herrn Frank Ulrich Bergmeister aus und warf sie in den Briefkasten, der in eine der kleinen Säulen aus Sandstein eingelassen war, die das Gartentor flankierten. Als er in sein Auto stieg, blieb er noch ein paar Augenblicke ruhig sitzen, dachte nach und sagte schließlich zu sich selbst: »Wenn ich schon mal in der Gegend bin ...«

Er fuhr den Pflasterweg, der hier eine Einbahnstraße war, bis zur Clayallee, folgte ihr ein Stück stadtauswärts, wendete bei der nächsten Gelegenheit, nahm den kurzen Weg in die Hundekehlestraße und weiter in die Breite Straße, durch die er im Schritttempo fuhr, ohne auf die anderen Autofahrer zu achten, die wütend hupten. Nirgendwo war ein Architekturbüro angezeigt. Peter stellte den Wagen ab und rief im Büro an. Er gab Carl Finkbeiner einen kurzen Bericht über den Besuch bei Bergmeister und fragte dann: »Du wusstest doch über diesen Architekten Lohmann Bescheid. Also ich kann in der Hundekehlestraße kein Büro von ihm finden.«

»Was willst du denn von ihm?«

»Ist nur so eine Idee. Vielleicht war Bergmeister ja auch zum Kartenspielen bei ihm wie dieser feine Herr Schieferfeld.«

»Du kommst aber auch auf Ideen! – Warte einen Moment. – Ich geb dir solang Norbert, er hat einiges zu erzählen.«

»Meier hier!«, meldete sich der Kollege und berichtete stolz über seine Ermittlungsergebnisse vom Sonntag.

»Du glaubst also, dass Al-Bakr die Frauen an irgendwelche Scheichs verkaufen wollte und dass Konnert ihm dabei zur Hand ging?«, fragte Peter Heiland.

»Ja, und dass Holm Bergmeister den beiden auf die Schliche gekommen ist. Er muss es auch gewesen sein, der die Mädels zu dem Trauergottesdienst gefahren hat und anschließend wieder mit ihnen verschwunden ist.«

»Bist du sicher?«

»Nein, aber es würde passen.«

»Danke, Norbert! Gibst du mir Carl noch mal?«

Finkbeiner meldete sich: »Das Büro liegt in der Glinkastraße 46, es ist dasselbe Haus, in dem auch Bergmeister seine Büroräume hat. In der Hundekehlestraße 76 befindet sich seine Privatwohnung.«

»Danke!« Peter Heiland wendete, fuhr zurück und suchte die Nummer 76. Dort stieg er aus. Es war eigentlich ein unansehnliches Haus, aber als der Kommissar auf die gegenüberliegende Straßenseite ging und das Gebäude von dort aus in den Blick nahm, konnte er erkennen, dass ein gläserner Dachausbau wie eine Mütze auf dem unscheinbaren Backsteinbau saß. Man konnte sich vorstellen, dass sich hinter dem vielen Glas eine fantastische Wohnung verbarg.

Heiland überquerte die Fahrbahn wieder und klingelte am Namensschild ›Arthur Lohmann‹. Er wartete eine Minute, aber es regte sich nichts. Er wollte sich grade abwenden, als ihn ein junges Mädchen ansprach: »Zu wem wollen Sie denn?«

»Zu Herrn Lohmann!«

»Da haben Sie Pech!«

»Aha. Und warum?«

»Der ist auf Ibiza.«

»Man darf doch gar nicht verreisen.«

»Ja, deshalb kann er ja auch nicht zurückkommen. Er ist schon seit Januar weg, und jetzt kann er nicht zurück, sagt meine Mama!«

»Ja dann«, antwortete Peter Heiland. »Da kann man nichts machen. Schade!«

Das Mädchen, es mochte 14 oder 15 Jahre alt sein, machte ein ernstes Gesicht. »Aber wenn's wichtig ist …«

»Das ist es allerdings«, gab Peter genauso ernst zurück. »Aber ich kann's ja in seinem Büro versuchen.«

Das Mädchen nickte. »Das wollte ich Ihnen gerade vorschlagen.«

Peter Heiland setzte sich wieder in sein Auto und fuhr, einem unerklärlichen Impuls folgend, noch einmal in den Pflasterweg. Er parkte etwa 50 Meter vor der Villa Bergmeister. Das Cabrio stand noch am Straßenrand. Peter Heiland lehnte sich zurück und schaltete das Autoradio an. Er hatte es auf *Info-Radio* eingestellt und hörte nur mit halbem Ohr die Verlesung der neuesten Coronazahlen, die er sofort wieder vergaß, als er sah, wie Lydia Schlösser das Haus verließ. Sie trug jetzt dasselbe Sommerkleid, das er schon einmal an ihr gesehen hatte, und stieg schwungvoll in ihren Alfa. Das Verdeck des Cabrios öffnete sich, glitt nach hinten und rastete ein. Lydia Schlösser beugte sich zum Rückspiegel vor. Peter Heiland glitt tief unter das Armaturenbrett, konnte aber noch sehen, dass Lydia Schlösser nicht nach hinten Ausschau hielt, sondern lediglich ihr Make-up auffrischte, indem sie ihre Wangen puderte und ihre Lippen nachzog. Dann endlich startete sie.

Peter Heiland folgte in gebührendem Abstand. Sie fuhr über die Einbahnstraße bis zur Clayallee, wendete bei der ersten Gelegenheit, fuhr bis zur Konstanzer Straße, bog links ab, und als sie die Kantstraße erreichte, fuhr sie nach rechts. Am Savignyplatz parkte sie geschickt in eine der wenigen Parklücken ein und stieg aus. Peter Heiland blieb in der zweiten Reihe stehen, stieg aus und wählte Norbert Meiers Nummer.

»Wo bist du denn? Wir warten auf dich. Für 12 Uhr ist eine Konferenz angeordnet, in der wir und die Kollegen von der Wirtschaft ausführlich berichten sollen.«

Peter Heiland achtete darauf, Lydia Schlösser nicht zu verlieren, die etwa 30 Meter vor ihm eilig über den Bürgersteig stöckelte. »Sag mal, Norbert, wo genau ist das Bordell?«

»Du meinst Arabellas Laden?«

»Ja, sag ich doch!«

Meier nannte die Adresse.

»Bingo!«, sagte Peter Heiland. »Lydia Schlösser betritt gerade genau dieses Haus.«

»Was? Sie geht zu Arabella?«

»Davon müssen wir wohl ausgehen.«

»Du solltest trotzdem sofort kommen!«

»Ja, mach ich.« Peter Heiland legte auf und ging schnell zu seinem Wagen zurück. Eine Politesse war gerade dabei, einen Strafzettel hinter einen Scheibenwischer zu stecken. Heiland zückte seinen Polizeiausweis und rief: »Kommissar Heiland, LKA, ich bin im Dienst!«

Die junge Frau vom Ordnungsdienst warf einen Blick auf Peters Ausweis, zerknüllte das Knöllchen und warf es in einen nahen Papierkorb. »Glück gehabt, Kollege!«

Peter lächelte. »Wenn ich das nicht manchmal hätte, könnte ich meinen Beruf aufgeben.«

15

»Also hat der Bergmeister ein Verhältnis mit seiner Prokuristin und mit seiner Putzfrau«, stellte Norbert Meier fest.

Peter Heiland schüttelte nachdenklich den Kopf. »Vielleicht hätte Frau Schlösser gerne eines mit ihm, aber ich glaube, sie wollte ihm nur ein Alibi verschaffen.«

»Da wäre sie aber nicht besonders geschickt vorgegangen«, wendete Jenny Kreuters ein.

»Und warum sollte sie das überhaupt tun?«, fragte Carl Finkbeiner.

»Vielleicht hofft sie, dass er sie entsprechend belohnt.«

»Mit Geld, meinst du?«, fragte Meier.

»Oder mit persönlicher Zuwendung.«

Peter Heiland hatte sich auf das breite Fensterbrett geschwungen, seine Fersen bummerten in unregelmäßigem Rhythmus gegen die Holzverschalung der Heizung darunter. »Es scheint schon ein ungewöhnliches Verhältnis zwischen den beiden zu sein: eine Putzfrau, die zum Dienst kommt und erst mal eine Zeit im Fitnessraum verbringt, wobei sie einen rattenscharfen Sportanzug trägt, während ihr Chef nebenan im Pool seine Bahnen zieht.«

»Vielleicht ist der Bergmeister ein Erotomane, so einer, der keine Frau in Ruhe lässt, bis er sie aufs Kreuz gelegt hat.«

»Norbert!«, rief Jenny empört.

»Was hast du denn? Solche Leute gibt's!«

»Es gibt überhaupt viel mehr, als wir uns denken«, warf Carl Finkbeiner ein.

»Was meinst du?«, fragte Heiland.

»Wer sagt uns denn, dass nicht Frank Ulrich Bergmeister himself die Party veranstaltet hat, womöglich war auch dieser Schieferfeld dabei. Wenn der sich nach dem Eklat mit Aneta Mitrasca auf den Nachhauseweg gemacht hat, musste er über den Pflasterweg, der ja eine Einbahnstraße ist, rausfahren auf die Clayallee, dort wenden und am Roseneck in die Hagenstraße einbiegen, um nach Hause zu kommen. Und da ist er auf den Unfall getroffen, den seine Frau verursacht hat.«

»Wir wissen doch gar nicht, ob er dort war«, rief Jenny.

»Bei seinem Freund Lohmann war er jedenfalls nicht. Der sitzt auf Ibiza und wartet darauf, dass er endlich wieder heimfliegen kann«, antwortete Peter Heiland. Seine Absätze knallten in schneller Abfolge gegen die Holzverkleidung.

Carl Finkbeiner trat zu ihm und legte seine Hände auf Peters Knie. »Das

macht mich nervös!«

Heiland sprang von dem Fensterbrett herunter. »Vielleicht war ja auch Konnert bei der Party. Ihr dürft nicht vergessen, das Wichtigste für uns ist, rauszukriegen, wer ihn umgebracht hat.«

Norbert Meier sah auf die Uhr. »Auf geht's, Leute, wir müssen zur Konferenz!«

»Ist eigentlich inzwischen eine Suchmeldung nach Holm Bergmeister rausgegangen?«, fragte Carl Finkbeiner, als sie das Gemeinschaftsbüro verließen.

»Ja, natürlich«, sagte Peter Heiland, »hab ich doch schon am Freitag veranlasst.«

Die Staatsanwältin Doktor Andrea Meineke leitete die Sitzung. Sie war eine Frau Anfang 40 und mindestens einen Meter fünfundachtzig groß. Ihre durchtrainierte Figur kam in dem knappen grauen Pulli und dem eng anliegenden knielangen schwarzen Rock gut zur Geltung. Die rötlichen Haare waren sehr kurz geschnitten. Ihr Gesicht wirkte straff und beherrscht. Ihre Augen hatte Peter Heilands Frau Hanna einmal als eisblau und kalt beschrieben. Rechts neben ihr saß Kriminaldirektor Christian Steinwender. Er war neu auf seinem Posten als stellvertretender Präsident des Landeskriminalamtes. Steinwender war 42 Jahre alt, mittelgroß, schlank, mit einem schmalen, ernsten Gesicht, das immer gebräunt war und am Kinn ein Grübchen aufwies, durch das der Volljurist weniger streng wirkte. Er war ein Mann, der zuhören konnte und einen scharfen analytischen Verstand besaß. Er war noch nicht lange genug im Amt, um die Mitarbeiter, mit denen er nun zusammensaß, alle beim Namen zu kennen, weshalb seine Sekretärin, die neben ihm saß, eine Liste angefertigt hatte, und jedes Mal, wenn sich jemand meldete, kurz mit ihrem Bleistift auf den jeweiligen Namen tippte.

Als Erstem erteilte Frau Doktor Meineke Norbert

Meier das Wort. Der berichtete wie gewohnt in kurzen Sätzen, was seine Recherchen bei Arabella ergeben hatten. Aber er nannte ihren Namen nicht, sondern sagte immer nur »die Zeugin«, und so schloss er auch seinen kurzen Bericht ab: »Die Zeugin, die sich im Milieu gut auskennt, glaubt zu wissen, dass Nidal Chahrour Al-Bakr schon seit geraumer Zeit junge, oft minderjährige Frauen und Mädchen in den Nahen Osten verkauft. Fritz Konnert, der am Donnerstag im Tierpark ermordet wurde, ist ihm dabei vermutlich zur Hand gegangen.«

»Der Name der Zeugin?«, fragte Frau Meineke.

»Kann ich leider nicht nennen.«

»Das müssen Sie aber!«

Meier zuckte nur die Achseln.

»Ich bestehe darauf, Herr Meier.«

Der Kommissar antwortete mit der gleichen stummen Geste.

»Nun gut, wir werden sehen. Aber ich werde nicht zulassen, dass Sie mit Ihrer Geheimniskrämerei die Ermittlungen behindern.«

»Am Schluss wird zusammengezählt«, sagte Meier, ohne von seinem Notizblock aufzusehen, auf den er ein Gewirr von Kringeln malte. Es trat eine kurze peinliche Pause ein.

Kriminaloberrat Nellinger aus der Abteilung Wirtschaftskriminalität meldete sich. »Wir haben diesen Al-Bakr schon länger im Verdacht, dass er in Waffengeschäfte und Geldwäsche verstrickt ist, aber Frauen …?«

»Vielleicht eine Beigabe«, sagte Kriminaldirektor Steinwender.

»Wie bitte?«, fragte die Staatsanwältin.

»Ein Geschenk an seine Auftraggeber im Nahen Osten, mit dem er sich bei denen beliebt machen kann. Große Geschäfte beginnen oft mit kleinen Aufmerksamkeiten.«

Meier nickte und sagte mehr zu sich selbst als in die Runde: »Kleine Geschenke erhalten die Freundschaft.«

»Ist euch eigentlich bewusst, worüber ihr redet?«, rief Jenny Kreuters empört. »Was glaubt ihr, was diese jungen Frauen durchmachen, und ihr redet darüber wie über einen Blumenstrauß oder sechs Flaschen Wein!«

Einen Augenblick war es still in der Runde. Carl Finkbeiner sah Jenny an und hob den rechten Daumen.

»Können wir die Emotionen erst einmal zurückstellen, ja?«, sagte Frau Doktor Meineke scharf.

Steinwender ergriff wieder das Wort. »Al-Bakr soll doch eigentlich ein seriöser Geschäftsmann sein.«

»Sagt wer?«, fragte Peter Heiland in scharfem Ton.

»Sowohl die Leute vom Bundesnachrichtendienst als auch die vom Verfassungsschutz.«

»Fehlt nur noch der Militärische Abschirmdienst«, warf Carl Finkbeiner ein.

Kriminaloberrat Nellinger aus der Abteilung Wirtschaftskriminalität hob die Hand. »Sie werden lachen, aber der MAD ermittelt gerade wegen des Verschwindens von 800 Schnellschusswaffen und 60.000 Schuss Munition aus Bundeswehrbeständen. Und jetzt kommt's …«, Nellinger machte eine Kunstpause und fuhr dann fort, »der Hauptverdächtige, ein Major der Spezialeinheit KSK, der seit zehn Tagen observiert wird, wurde gestern, am Sonntag, in einem Nobellokal in Potsdam mit Nidal Chahrour Al-Bakr gesehen.«

»Und so jemanden nennt man einen seriösen Geschäftsmann«, rief Peter Heiland, leichten Sarkasmus in der Stimme.

»Ich habe gesagt, er *soll* ein seriöser Geschäftsmann sein«, erwiderte Steinwender leicht pikiert.

Frau Meineke sagte: »Der Fall ist mir neu.«

Nellinger nickte. »Er liegt bei Oberstaatsanwalt Kiedaisch.«

»Ich werde mich mit ihm ins Einvernehmen setzen«, sagte die Staatsanwältin. »Aber hier geht es um den Tod des Mädchens Mitrasca und um den Mord an dem Journalisten Fritz Konnert. Und wenn ich Sie recht verstanden habe, Herr Heiland, hängen die beiden Fälle Ihrer Meinung nach zusammen.«

»Richtig!«, sagte Peter Heiland knapp. »Aber wichtig erscheint mir auch zu erfahren, welche Rolle Nidal Chahrour Al-Bakr spielt.«

»Den muss man doch irgendwann kriegen können«, meinte Carl Finkbeiner.

Steinwender zeigte ein schmales Lächeln. »Das sagen Sie …«, er warf einen schnellen Blick auf die Liste und den Namen, den seine Sekretärin mit dem Bleistift antippte, »Herr Finkbeiner. Wir haben die Maßgabe, mit äußerster Vorsicht gegen den Herrn vorzugehen.

Sie wissen sicher, dass wir eine Schwerpunktstaatsanwaltschaft ›Clan-Kriminalität‹ haben …«

Meier nickte. »Ist bekannt, ja.«

»Und Oberstaatsanwalt Kiedaisch bittet uns, vorerst keine Maßnahmen gegen Nidal Chahrour Al-Bakr zu ergreifen. Nicht, bevor er uns grünes Licht gibt.«

»Nun, meine Dame, meine Herren«, meldete sich wieder Frau Doktor Meineke, »ich sehe, wir haben einen leider noch ziemlich unübersehbares Knäuel von einzelnen Fakten. Ich muss Sie bitten, so schnell wie möglich dieses Knäuel zu entwirren. So schwer dürfte das ja nicht sein. Und bitte halten Sie mich auf dem Laufenden.« Sie stand auf. »Das war's erst einmal. Danke!«

Peter Heiland und seine Mitarbeiter kehrten in ihre Abteilung zurück. »Du solltest deiner Freundin Arabella noch mal auf den Zahn fühlen«, sagte Heiland zu Norbert Meier, als sie den Korridor zum Treppenhaus entlanggingen. »Wir müssen wissen, was diese Frau Schlösser bei ihr wollte.«

»Mach ich«, sagte Meier. »Aber ihr Name bleibt unter uns!«

»Ja«, sagte Peter Heiland knapp.

Als sie das Gemeinschaftsbüro der Kommissare betraten, klingelte Carl Finkbeiners Telefon. Er hob ab, meldete sich und hörte ein paar Augenblicke zu. »Gute Arbeit, Kollegen«, sagte er dann. »Am besten bringt ihr ihn hierher ins LKA, vierte Mordkommission, Leitung Peter Heiland. Danke!« Dann wandte er sich den anderen zu. »Zwei Kollegen der Schutzpolizei haben soeben Holm Bergmeister auf dem Dahlemer Feld festgenommen.«

»Wo?«, fragte Heiland.

»Gehört zur landwirtschaftlichen Domäne Dahlem«, wusste der Altberliner Meier.

Jenny nickte. »Da kauf ich mein Gemüse. Alles, was dort angebaut wird, kannst du im Hofladen auch kaufen. Alles Bio!«

16

Holm Bergmeister war ein kleiner Mann. Er trug knielange khakifarbene Hosen und einen weißen Kapuzenpulli. Peter Heiland schätzte seine Größe auf einen Meter sechzig. Sein Gesicht war bleich, als käme er nur selten an die frische Luft. Er hatte blonde weiche Haare, die in Locken um seinen Kopf hingen. Offenbar war er lange nicht beim Friseur gewesen. Die hellen Augen wirkten klein, und die Augenbrauen waren so licht, dass sie sich kaum abhoben. Eine Ähnlichkeit zu seinem Vater konnte man nicht erkennen.

Peter Heiland sah den jungen Mann freundlich an. »Sie haben uns ziemliche Probleme gemacht in den letzten Tagen.«

»Wenn, dann nicht absichtlich«, sagte Holm Bergmeister.

Die beiden saßen sich im Verhörraum gegenüber. Ein Tonband lief mit. Holm Bergmeister hatte sein Einverständnis dazu erklärt.

»Sie wissen, warum Sie hier sind?«, fragte Heiland.

»Ich hab die Frauen nicht entführt, ich habe sie in Sicherheit gebracht.«

»In Sicherheit wären die Frauen, wenn Sie sie der Polizei übergeben hätten.«

Holm Bergmeister lachte auf. »Glauben Sie! Da

wären die Frauen ruckzuck wieder in den Händen dieses Arabers, der sie teuer nach Saudi-Arabien, in den Libanon oder den Oman verkauft! Ich traue der Polizei genau so weit, wie ich meine Waschmaschine schmeißen kann.«

»Okay, aber darum geht es nicht, wenigstens im Augenblick noch nicht. Sie stehen unter Mordverdacht, Herr Bergmeister.«

Der junge Mann starrte Heiland an. Sein Mund öffnete und schloss sich ein paarmal wie bei einem Fisch auf dem Trockenen. Schließlich brachte er heraus: »Mord? Ich?«

»Sie kennen Fritz Konnert?«

»Natürlich kenne ich das Schwein!«

»Er wurde am letzten Donnerstag erschossen. Mit einer Waffe, die Ihrem Vater gehörte und von der wir annehmen müssen, dass Sie sie gestohlen haben.«

»Ich?«

»Sie haben doch einen Schlüssel für die Villa im Pflasterweg?«

»Ja, hab ich!«

»Und Sie feiern da manchmal noch mit Ihren Freunden Ihre Partys.«

»Das war einmal. Ich bin schon wochenlang nicht mehr dort gewesen.«

»Das soll ich Ihnen glauben?«

»Mir ist egal, was Sie mir glauben. Jedenfalls ist es die Wahrheit.«

»Sie waren in der Nacht zum 12. Mai, das war der Dienstag letzter Woche, nicht in der Villa?«

»Nein!«

»Wo waren Sie dann?«

»Bei einer guten Freundin!«

»Namen und Adresse bitte!«

»Erst wenn es gar nicht mehr anders geht.«

Die nächste Frage war, wie so oft bei Peter Heiland, ein Schuss ins Blaue: »Heißt die Freundin vielleicht Lydia Schlösser und wohnt in der Berkaer Straße?«

Holm Bergmeister starrte den Kommissar an. »Wie … wie kommen Sie denn darauf?«

»Nur so eine Vermutung. Frau Schlösser hat mir erzählt, dass sie versucht habe, Sie und Ihren Vater miteinander zu versöhnen, und die Art, wie die Dame über Sie gesprochen hat …« Peter Heiland ließ den Satz in der Luft hängen.

»Ja?«, schnappte Holm Bergmeister.

»Offenbar sind Sie ihr sympathisch«, ergänzte Peter Heiland ein wenig lahm.

Der junge Mann sagte nichts dazu. Er sah an die Decke, und seine Finger spielten Klavier auf der Tischplatte.

Peter Heiland wechselte das Thema: »Am letzten Mittwoch haben Sie einen VW-Bus zur russisch-orthodoxen Kirche gefahren.«

»Ja, stimmt. Es war gewagt, zugegeben, aber im Zweifelsfall hätten wir dann doch die Hilfe der Polizei gesucht.«

»Das Fahrzeug ist auf Fritz Konnert zugelassen.«

»Stimmt«, sagte Holm Bergmeister noch einmal.

»Und wie sind Sie in den Besitz des Kleinbusses gekommen?«

»Ich wusste, wo er steht, und ich wusste, dass Konnert ihn schon seit längerer Zeit nicht mehr fährt ...«

»Und woher hatten Sie die Autoschlüssel?«

»Hab ich nicht gebraucht. Die Tür habe ich leicht aufgekriegt, und so eine alte Karre kurzzuschließen ist eine der leichtesten Übungen für mich.« Er grinste. »Gehört alles zu meiner kriminellen Vergangenheit, über die Sie sicher Bescheid wissen.«

Peter nickte nur.

»Ich beobachte Konnert schon seit langem«, fuhr Bergmeister fort.

»Warum?«

»Weil ich ihn irgendwann zur Strecke bringen wollte.«

»Das scheint ja nun gelungen zu sein.«

»Aber mit einem Mord habe ich nichts zu tun.« Holm Bergmeister wirkte mit einem Mal erstaunlich ruhig und selbstsicher.

»Wo waren Sie am Donnerstag zwischen 13 und 14 Uhr?«

»Warum wollen Sie das wissen?«

»In dieser Zeit wurde Fritz Konnert erschossen.«

»Ach so. Also im Augenblick kann ich mich beim besten Willen nicht erinnern. Ich müsste in meinem Handy nachschauen, aber das hat man mir ja abgenommen.«

»Gut, vertagen wir den Punkt, und Sie sagen mir, wo Sie in der Nacht zum 12. Mai waren.«

»Sie wissen es doch eh. Ja, ich war bei Lydia ... also bei Frau Schlösser.«

»Wir werden das nachprüfen.«

»Ist ja klar.«

Norbert Meier und Carl Finkbeiner hörten in einem Nebenraum mit, was zwischen Heiland und Bergmeister gesprochen wurde. Jetzt sagte Meier: »Das Alibi überprüfe ich doch gleich«, und verließ den Raum. Kurze Zeit später kam Jenny Kreuters herein und nahm seinen Platz ein.

Holm Bergmeister lächelte. »Glauben Sie denn, dass Sie einen Haftbefehl gegen mich erwirken können?«

»Durchaus möglich. Wollen Sie einen Anwalt?«

»Ich bin selber Jurist.«

Überrascht sah Heiland den jungen Mann an. »Mit Abschluss?«

»Nein, ich bin vor dem Examen ausgestiegen, aber was ich bis dahin gelernt habe, wird wohl reichen. Auf jeden Fall weiß ich, dass Sie mich ohne hinreichenden Tatverdacht nicht länger als 24 Stunden festhalten können.«

»Stimmt! Nun aber noch eine Frage: Wenn Sie in der Nacht zum 12. Mai nicht in der Villa Ihres Vaters gefeiert haben, wer könnte es denn dann gewesen sein?«

»Verraten Sie mir erst mal, was dort passiert ist!«

Peter Heiland schilderte die Ereignisse, soweit sie der Polizei bislang bekannt waren.

»Und Sie sagen, Konnert ist dort plötzlich aufgetaucht?«

»Ja.«

»War er denn nicht schon die ganze Zeit da?«

»Das können wir nicht wissen. Als wir ankamen, war kein Mensch mehr im Haus, und das Gartenzimmer sah so aus, wie ich es Ihnen geschildert habe. Es muss eine wilde Party gewesen sein. Konnert erschien kurz nach uns dort.«

»Und Sie gehen davon aus, dass es zu sadomasochistischen Handlungen gekommen ist?« Auf seltsame Weise hatten sich die Verhältnisse im Verhörraum verändert. Holm Bergmeister, dessen Gesichtszüge sich gestrafft hatten und der nun sehr aufrecht auf seinem Stuhl saß, stellte die Fragen, und Peter Heiland antwortete: »Die Verletzungen von Aneta Mitrasca ließen darauf schließen.«

Holm Bergmeister legte seine Unterarme auf den Tisch und beugte sich weit vor. »Könnte es nicht auch anders gewesen sein?«

»Wie, anders?«

»Folter!«

»Was?«

»Aneta ist die Einzige aus Arabellas Bordell, die nicht mitkommen konnte, als wir die Mädels am Montag letzter Woche aus dem Puff rausgeholt haben.«

»Und warum konnte sie nicht mitkommen?«

»Weil sie nicht da war. Arabella hat behauptet, sie habe Aneta zum Gesundheitsdienst geschickt. Keine Ahnung, ob das stimmt. Jedenfalls kam Aneta erst zurück, als wir die anderen sieben schon …«, er zögerte einen Moment, »… als wir sie in Sicherheit gebracht hatten.«

»Wir? Wer war da noch dabei?«

»Zwei Freunde.«

»Und weiter?«

»Ich nehme an, Aneta wurde dann zu der Party geschickt, von der Sie immer reden. Arabella Wychniak hat regelmäßig die Feste der geilen alten Herren mit Mädchen versorgt und dabei nicht schlecht verdient, nehme ich an. Und irgendwer von denen wollte wahrscheinlich von Aneta wissen, wo die anderen sind.«

»Irgendwer?«

»Konnert, Al-Bakr, mein Vater – was weiß ich?«

Peter Heiland sah Holm Bergmeister versonnen an. »Theoretisch wäre das möglich.«

»Ist es nicht so, dass Sie als Kriminalist immer eine Theorie aufstellen und dann versuchen, sie zu beweisen?«

»Wie bitte?«

Holm Bergmeister grinste. »Das sind Rudimente aus meinen Vorlesungen.«

Peter Heiland lehnte sich zurück und atmete ein paarmal tief durch. »Erzählen Sie doch mal, warum es bei Ihnen eine Zeit gab, in der Sie immer wieder straffällig wurden.«

»Falsch! Ich wurde nicht straffällig. Mir wurden Straftaten unterstellt, und es ist noch jedes Mal bewiesen worden, dass es nicht so war.«

Peter Heiland winkte ab. »Geschenkt, Herr Bergmeister, wir wissen, wie einflussreich Ihr Vater ist.«

»Ja, mein Vater hat mich tatsächlich ein paarmal da rausgehauen. Aber das hat er nicht für mich, sondern für sich getan«, stieß der junge Mann giftig hervor. »Wirklich geholfen, wenn ich Hilfe brauchte, hat der mir nie!«

»Warum hassen Sie ihn eigentlich so?«

Plötzlich sank Holm Bergmeister in sich zusammen, als ob ihn alle Kraft verlassen hätte. »Er hat meine Mutter auf dem Gewissen, und meine Mama war die wunderbarste Frau, die Sie sich vorstellen können.« Er wischte mit dem rechten Unterarm über seine Augen.

Heiland blieb sachlich: »Und jetzt sagen Sie mir noch, wo wir die sieben jungen Frauen finden, damit wir sie endgültig in Sicherheit bringen können.«

»In der Schrebergartenkolonie Kissingen, Sonnenblumenweg 9. Ist eine ziemlich geräumige Hütte, die einem Freund von mir gehört.«

»Gut!« Peter Heiland stand auf. »Wir machen eine Pause und reden später weiter.« Er ging zur Tür und rief den Wachmann, der Holm Bergmeister in eine Zelle brachte.

Heiland kehrte an den Tisch zurück, rief den Chef des Einsatzkommandos an und gab nach einer kurzen Schilderung des Tatbestandes die Adresse im Sonnenblumenweg durch.

Als er danach in sein Büro zurückkam, saß Frank

Ulrich Bergmeister auf dem Besucherstuhl. »Auf Ihrer Vorladung steht 14.30 Uhr«, sagte er schlecht gelaunt, »jetzt ist es 14.45 Uhr!«

Peter Heiland sah auf seine Uhr und verbesserte den Unternehmer: »Genau 14.37 Uhr. Tut mir leid. Ich hatte ein kniffliges Verhör mit Ihrem Sohn.«

»Was? Haben Sie ihn? Na, Gott sei Dank!«

»Das macht allerdings unsere Ermittlungen nicht einfacher. Er sagt, er sei in der Nacht zum Dienstag nicht in Ihrer Villa gewesen, und es sieht so aus, als könne er das auch beweisen.«

»Ich wäre ja froh, wenn es so wäre.«

»Wenn nicht Ihr Sohn in Ihrem Haus gefeiert hat, wer war es dann?«

»Keine Ahnung! Es gibt ein paar Leute, die Zugang zu meinem Haus haben, aber erwarten Sie nicht von mir, dass ich deren Namen nenne.«

»Sie sagten doch, dass außer Ihnen, Frau Schlösser und Ihrem Sohn niemand einen Schlüssel habe.«

»Das muss ich revidieren.«

»Und Sie waren bei Frau Schlösser?«

»Ja, hat sie doch bestätigt.«

»Komisch. Ihr Sohn sagt, er sei zur gleichen Zeit auch dort gewesen.«

»Was?«

»Wir werden das nachprüfen.«

In diesem Augenblick kam Meier herein, grüßte Bergmeister mit einem kurzen Kopfnicken und legte einen Zettel vor Peter Heiland auf den Tisch. Peter las: ›Telefonische Aussage Schlösser: Holm Bergmeister sei an dem fraglichen Abend nicht bei ihr gewesen.‹

Peter Heiland hatte Mühe, seine Gesichtszüge zu beherrschen. Er stand unvermittelt auf und sagte: »Ja, das war's dann, Herr Bergmeister.«

»Was?«, schrie der aufgebracht. »Für diese drei Sätze lassen Sie mich hierherkommen und tischen mir dann auch noch diese obskure Geschichte auf, mein Sohn Holm sei bei Lydia Schlösser gewesen.«

»Tut mir leid. Das ist im Augenblick die Faktenlage.«

Bergmeister stapfte zur Tür.

Peter Heiland rief ihm nach: »Könnte es sein, dass Herr Schieferfeld in der Nacht zum Dienstag letzter Woche in Ihrer Villa war?«

Bergmeister fuhr herum. »Was soll nun das schon wieder?«

»Antworten Sie doch einfach.«

»Kann sein, kann nicht sein.«

»Hat er einen Schlüssel?«

»Vielleicht. Ich weiß es nicht.« Bergmeister wollte endgültig hinaus, aber Peter Heiland hielt ihn noch mal auf. »Wo waren Sie am Donnerstag zwischen 13 und 14 Uhr?«

»Das ist eine Unverschämtheit!«, brüllte Bergmeister los. »Meinen Sie, mir ist nicht bewusst, dass um diese Zeit dieser Konnert umgebracht wurde?«

Peter lächelte. »Genau deshalb frage ich Sie.«

»Ach, rutschen Sie mir doch den Buckel runter!« Bergmeister ging hinaus und schlug die Tür hinter sich zu.

Meier, der die ganze Zeit im Raum geblieben war, sagte: »Sieht so aus, als ob das Knäuel der Fäden immer noch verworrener würde.«

Heiland ließ sich auf seinen Schreibtischstuhl fallen. »Du hast ja recht! Wer, verdammt noch mal, hat diesen Konnert erschossen?«

»Also ich kann mir nicht vorstellen, dass Bergmeister es war.«

»Ich schon«, antwortete Peter Heiland.

Als Heiland und Meier ins Büro der Kommissare kamen, schrillte das Telefon. Heiland hob ab und meldete sich. Dann sprang er auf. »Was? Verfickte Scheiße noch mal!« Jenny verzog das Gesicht. Solche Worte hatte sie aus Peters Mund noch nie gehört. »Und?«, schrie der nach einer Pause ins Telefon. »Seid ihr sicher? Alle Spuren sichern, bitte!« Er legte auf. »In der Hütte waren die Frauen nicht. Aber alles deutet darauf hin, dass sie bis vor kurzem dort gewesen sein müssen, sagen die Kollegen vom Einsatzkommando. Ich muss sofort noch mal mit Holm Bergmeister reden!«

»Das ging aber schnell«, sagte Holm Bergmeister, als ihn der Wachmann in Peters Büro brachte.

»Setzen Sie sich bitte!« Peter Heiland wies auf den Stuhl vor seinem Schreibtisch und nahm selbst dahinter Platz.

Mit den Worten: »Schauen Sie bitte nach, wo Sie am Donnerstag zwischen 13 und 14 Uhr gewesen sind«, schob der Kommissar dem jungen Mann dessen Handy zu.

Bergmeister daddelte kurz auf der Tastatur herum und antwortete dann: »Ich war in der Hütte bei den Mädels. Habe Proviant hingebracht und etwas zu lesen.«

Peter Heiland versuchte, mit seinen Augen den Blick Bergmeisters festzuhalten. »Leider bestätigt Frau Lydia Schlösser nicht, dass Sie am Sonntagabend bei ihr gewesen sind.«

»Was? Das kann doch nicht sein!«

»Es ist aber so. Sie behauptet vielmehr, Ihr Vater sei bei ihr gewesen.«

Holm Bergmeister lachte auf. »Das gibt's doch nicht!« Er war die ganze Zeit dem Blick Peter Heilands nicht ausgewichen.

»Und ich habe noch eine schlechte Nachricht, Herr Bergmeister: Die sieben Frauen, die Sie in der Schrebergartenhütte versteckt haben wollen, sind dort nicht …«

»Was?« Holm sprang auf.

»Oder sagen wir, sie sind dort nicht *mehr.*«

Holm Bergmeister sank auf den Besucherstuhl zurück.

»Wer wusste außer Ihnen, wo die Frauen versteckt waren?«

Bergmeister biss sich auf die Unterlippe, sagte aber nichts.

»Hören Sie«, sagte Peter Heiland streng, »das ist jetzt verdammt wichtig: Irgendwer muss eingeweiht gewesen sein. Ihr Freund, dem die Hütte gehört?«

»Ja, aber …« Bergmeister brach ab.

»Frau Schlösser?«

Bergmeister nickte.

Langsam stieg die Wut in Peter Heiland auf. »Warum haben Sie Blödmann die Frauen versteckt, statt sie gleich uns zu übergeben. Was macht denn das für einen Sinn?«

»Ich hab Ihnen schon mal erklärt, warum ich der Polizei nicht traue. Sie kannte ich ja noch nicht. Sobald ich Al-Bakr und Konnert hätte nachweisen können, was die für ein übles Spiel spielen, hätten die Mädels ja zurückgekonnt zu Frau Wychniak.«

»In deren Bordell, meinen Sie?«

»Ja. Aber zuvor musste ich Al-Bakr überführen. Bei seinen guten Kontakten zur Polizei und zu den Geheimdiensten hätten Verdachtsmomente, und wenn sie noch so stark wären, nichts genützt.«

»Das ist größenwahnsinnig, Holm!« Zum ersten Mal sprach Heiland den jungen Mann nur mit dem Vornamen an.

»Ja, vielleicht.«

»Woher wissen Sie überhaupt, dass Al-Bakr diese tollen Kontakte zur Polizei und zu den Geheimdiensten hat?«

»Von Konnert. Er hat damit geprahlt, dass ihm und Al-Bakr nie etwas passieren würde. Und er hat Beispiele genug dafür genannt.«

»Und Sie haben ihm das alles geglaubt?«

Bergmeister nickte nur.

»Wie war denn Ihr Verhältnis zu Konnert?«

»Bis vor einem halben Jahr richtig gut. Er war eigentlich mein Freund. Er hat meinen Vater genauso verachtet wie ich, weil er meine Mutter ständig psychisch fertiggemacht und ihr jede Hilfe verweigert hat.«

»Ich denke, Konnert ist ein Mann gewesen, dem man gar nichts glauben konnte.«

Holm Bergmeister sagte nichts dazu. Er fuhr sich mit den gespreizten Fingern beider Hände durch seine wilden blonden Locken.

»Sie waren letzten Freitag mit ihm verabredet.«

»Das wissen Sie?«

»Ja. Mein Kollege Meier hat es herausbekommen, aber Sie sind ihm in der *Letzten Instanz* entwischt.«

Bergmeisters helle Augen bekamen einen listigen Ausdruck. »Ich soll am Freitag mit Konnert verabredet gewesen sein, wo ich ihn doch am Donnerstag schon umgebracht haben soll?«

»Könnte ein raffinierter Trick gewesen sein. Immerhin haben Sie den Kellner dezidiert wissen lassen, dass Sie auf Konnert warten.«

»Ja, das gebe ich zu. Aber ich hatte wirklich keine Ahnung, dass Konnert nicht mehr lebt.«

»Tja«, sagte Peter Heiland, »so, wie die Dinge liegen, werden wir Sie doch länger dabehalten müssen. Die Fakten reichen, um einen Haftbefehl zu beantragen.«

»Nicht die Fakten, Ihre Vermutungen, und die sind falsch!«

»Das hoffe ich zu Ihren Gunsten, Holm.« Heiland stand auf, rief den Wachmann und bat darum, den Häftling in seine Zelle zu bringen. An der Tür hielt er Holm Bergmeister noch einmal auf. »Wissen Sie, wo Al-Bakr wohnt?«

»Er hat eine Suite im Hotel *Majestic Berlin*. Als Dauermieter. Sie ist für ihn reserviert, auch wenn er wochenlang im Ausland ist.«

»Wissen Sie zufällig die Nummer des Appartements?«

»411 im vierten Stock. Ich hab das alles ziemlich genau recherchiert.«

»Und warum?«

»Weil ich ihn irgendwann einmal stellen wollte, diesen Schweinehund!«

»Ich glaube nicht, dass er's war!«, sagte Peter Heiland, als er in das Büro seiner Mitarbeiter trat.«

Jenny Kreuters hob den Kopf. »Wer? Was?«

»Holm Bergmeister. Der ist nicht der Mensch, der kaltblütig einen Mann per Kopfschuss ermordet.«

»Darf ich dich an einen deiner Sprüche erinnern? Man sieht einem Menschen nicht an, ob er ein Mörder ist«, warf Carl Finkbeiner ein.

Norbert Meier schob eine E-Mail über den Tisch. »Da, lies!«

Peter warf einen Blick drauf, sagte dann aber: »Erzähl!«

»Den Kollegen von der Wirtschaft ist es gelungen, an die Konten Fritz Konnerts heranzukommen. Millionär ist er nicht, aber es fehlt nicht viel. Lasche 85.000 Euro.«

»Das heißt, er verfügte über 915.000 Euro?«

»Richtig gerechnet, Chef! Die Summe wurde in den

letzten 15 Monaten sukzessive eingezahlt. Abgehoben hat Fritz Konnert in dieser Zeit keinen Cent.«

»Was schließen wir daraus?«

»Ich denke, er wollte irgendwann verschwinden, weit weg von Berlin, wenn ihm hier der Boden zu heiß geworden wäre. Das Geld wurde übrigens immer bar einbezahlt«, meinte Jenny.

»Also können es wohl kaum Zeitungshonorare gewesen sein.«

»Richtig!«

»Das erhärtet den Verdacht, dass Konnert für diesen Araber gearbeitet hat.«

»Oder für Bergmeister oder für beide«, ließ sich Meier hören.

Peter nickte. »Wir tappen janz schön im Dunkeln, wa?«

»He, fang bloß nicht an zu berlinern«, Jenny lachte, »sonst versuch ich's irgendwann auf Schwäbisch.«

»Ich bin der Meinung, dass Lydia Schlösser lügt«, meinte Norbert Meier, »und zwar zugunsten des alten Bergmeister und zuungunsten von dessen Sohn. Wenn du willst, knöpfe ich mir die Dame mal vor.«

Peter Heiland sagte: »Das können Carl und Jenny machen. Du solltest noch einmal mit dieser Arabella Wychniak reden. Wir müssen wissen, was die Schlösser bei ihr wollte. Und ich gehe morgen mal bei diesem Herrn Schieferfeld vorbei. Er ist uns eine Erklärung schuldig, wo er in der Nacht zum Dienstag letzte Woche war.«

17

Dienstag, 19. Mai 2020

»Carl Finkbeiner. Das ist meine Kollegin Jenny Kreuters. Wir gehören zum Ermittlungsteam von Peter Heiland«, stellte der Kommissar sich und seine Kollegin vor.

»Was wollen Sie denn noch von mir?«

»Es tauchen immer wieder neue Fragen auf«, sagte Finkbeiner. »Können wir einen Augenblick hereinkommen?«

Widerwillig trat Lydia Schlösser zur Seite. »Bitte, wenn's denn sein muss. Aber ich muss Sie bitten, sich kurzzufassen, ich habe in einer Viertelstunde einen wichtigen Termin.«

Jenny begann: »Holm Bergmeister behauptet, er sei in der Nacht zum Dienstag letzter Woche bei Ihnen gewesen.«

»Ja, das hat mir schon ein Polizist am Telefon gesagt. Aber es stimmt nicht.«

»Vielmehr war sein Vater bei Ihnen, nicht wahr?«

»Ganz recht!«

»Die ganze Nacht?«

»Darüber rede ich nicht.«

»Es wäre aber wichtig!«, sagte Carl Finkbeiner.

»Trotzdem!«

Alle drei standen mitten in Frau Schlössers Wohnzimmer. Die Hausherrin hatte ihre Besucher nicht aufgefordert, Platz zu nehmen. Ein paar Augenblicke sagte niemand ein Wort.

»Sie haben zu unserem Kollegen Heiland bei Ihrem ersten Gespräch gesagt – warten Sie, ich hab mir das aus dem Protokoll herauskopiert …« Carl Finkbeiner zog aus der Innentasche seiner Jacke ein Blatt Papier und faltete es auf. Dann las er vor: »H., also das steht für unseren Kollegen Heiland.

H: Es war ja wohl der Sohn, der in der Nacht zum Dienstag Party gemacht hat.

Frau Schlösser: Ich weiß es nicht.

H: Wir sind bisher davon ausgegangen.

Frau Schlösser: Ich glaube, eher nicht.

H: Aber Herr Bergmeister selbst war im Ausland.

Frau Schlösser: Schon. Aber er hat oft sein Haus anderen überlassen, wenn er nicht da war. Manchmal waren es wohl Geschäftsfreunde, die dann auch ein paar Tage in der Villa gewohnt haben.«

Finkbeiner faltete das Papier zusammen und steckte es in die Tasche. »So weit der Auszug aus dem Protokoll. Sie haben dann noch erzählt, wie schlecht das Verhältnis zwischen Vater und Sohn Bergmeister sei und dass Sie vergeblich versucht hätten, die beiden zu versöhnen.«

»Sind Sie eigentlich gekommen, um all das Zeug wiederzukäuen, was schon längst besprochen worden ist, oder was?«

Carl Finkbeiner ging nicht darauf ein. »Wissen Sie,

wo Herr Bergmeister an jenem Sonntag war, bevor er zu Ihnen kam?«

»Zu Hause. Er war wohl schon die ganzen Tage mit einer großen geschäftlichen Sache beschäftigt.«

»Er war nicht zu Hause«, stellte Carl Finkbeiner fest.

»Dann war er im Büro.«

»Da war er auch nicht. Er hat, wie so oft, das Wochenende bei seiner Geliebten, Frau Doktor Melanie Liesenbrink, verbracht.«

Lydia Schlösser wandte sich abrupt dem Fenster zu und sah auf die Straße hinunter. »Ja und?«, fragte sie schließlich.

»Entschuldigung«, meldete sich Jenny Kreuters, »wir haben angenommen, dass *Sie* seine Freundin sind.«

»Ich?« Frau Schlössers Haltung änderte sich nicht. Sie kehrte den Beamten nach wie vor den Rücken zu, als wolle sie unbedingt verhindern, dass die beiden ihr ins Gesicht sahen.

»Wir müssen doch davon ausgehen, dass er über Nacht bei Ihnen geblieben ist«, insistierte Jenny Kreuters.

»Ich weiß ja nicht …« Lydia Schlösser setzte noch einmal an: »Ich weiß ja nicht, was in seiner Villa lief. Auf jeden Fall wollte er dort wohl nicht hin in dieser Nacht.«

»Wussten Sie eigentlich, wo Herr Bergmeister seine Pistole aufbewahrte?«, fragte Carl Finkbeiner unvermittelt.

Jetzt fuhr Frau Schlösser herum. »Was soll diese Frage?«

»Antworten Sie doch einfach.«

»Ich wusste nicht einmal, dass er eine hat.« Sie sah auf die Uhr. »Tut mir leid, ich muss …«

»Letzte Frage«, unterbrach Carl Finkbeiner, »was wollten Sie von Arabella Wychniak, als Sie gestern bei ihr waren?«

Die ganze Zeit hatte Lydia Schlösser die Kontrolle über sich behalten. Jetzt zitterte sie plötzlich. Schweißtropfen erschienen auf ihrer Stirn. Sie setzte sich auf den Stuhl, der vor einem kleinen Schreibtisch stand. »Woher … woher wissen Sie das?«

»Von einem sehr verlässlichen Zeugen«, sagte Finkbeiner und amüsierte sich in aller Stille ein wenig darüber, dass er Peter Heiland so bezeichnete.

Plötzlich erhob sich Lydia Schlösser. »Warum sollte ich meine Schwester nicht besuchen? Ich bin eine geborene Wychniak und war nur ein paar Jahre mit Kurt Schlösser verheiratet. Genügt Ihnen das?«

»Im Augenblick ja. Aber es könnte sein, dass wir Sie noch einmal besuchen müssen«, antwortete Carl Finkbeiner.

Jenny Kreuters trat dicht an die Frau heran. »Wenn es irgendetwas gibt, was Sie uns noch sagen können, tun Sie es am besten gleich.«

»Ich habe Ihnen nichts zu sagen. Bitte gehen Sie jetzt.«

Die beiden verließen die Wohnung im Dachgeschoss, stiegen zur Berkaer Straße hinab und setzten sich in ihren Dienstwagen. Carl rief Norbert Meier an. »Das solltest du wissen, wenn du zu Arabella gehst: Sie ist die Schwester von Lydia Schlösser.«

»Hä?«, machte Meier.

»Hat Frau Schlösser uns gerade gesagt. Sie ist eine geborene Wychniak.«

»Okay, kapiert. Ich bin grade auf dem Weg dorthin.« Meier legte auf.

»Wollen wir warten, ob sie wirklich weggeht, und überprüfen, wo sie dann hingeht?«, fragte Jenny.

»Machen wir.« Carl Finkbeiner kurbelte seine Lehne nach hinten und machte es sich bequem.

»Wie geht es mit deiner Geschichte voran?«, fragte Jenny.

»Welcher Geschichte?«

»Der Liebesgeschichte, von der du mir erzählt hast.«

»Ich hab sie weggeschmissen.«

»Ooch, schade!«, sagte Jenny.

»So schön die Liebe ist«, sagte er versonnen, »und vor allem unsere Liebe, so schwer ist es, sie richtig zu beschreiben. Ich krieg das einfach nicht hin.«

»Und ich war so gespannt.« Jenny richtete sich auf. »Da ist sie!«

»Wer?«

»Wer schon? Die Schlösser.«

Sie ging zu Fuß los. Die beiden Kommissare stiegen aus und folgten ihr. Sie überquerte den Hohenzollerndamm und marschierte dann mit raschen, ausgreifenden Schritten Richtung Roseneck. Dort betrat sie ein Reisebüro.

»Ich schlage vor, du bleibst an ihr dran«, sagte Carl, »und ich gehe zurück zu ihrer Wohnung und frage mal ein paar Nachbarn, ob sie am vorletzten Sonntagabend etwas beobachtet haben.«

»Gute Idee!« Jenny küsste ihn flüchtig auf den Mund und widmete sich dann den Auslagen eines Feinkostgeschäftes nahe dem Reisebüro. Dann schlenderte sie an dem Reisebüro vorbei. Durch die großen Scheiben konnte sie sehen, dass Lydia Schlösser an einem Verkaufstisch saß und eifrig mit einer Angestellten sprach, die gerade eine Landkarte vor ihr ausbreitete.

Lydia Schlössers Wohnung war die einzige im Dachgeschoss. Vom Treppenabsatz darunter gingen zwei Türen ab. An der ersten klingelte Finkbeiner vergeblich. Die zweite öffnete sich fast sofort, nachdem er den Klingelknopf gedrückt hatte. Ein Mann um die 60 stand barfuß auf der Schwelle. Er trug Jogginghosen und eine bunte Strickjacke über einem grauen Unterhemd. Die wenigen Haare hatte er quer über seinen kahlen Schädel gekämmt. »Ja, bitte?«, sagte er.

Carl Finkbeiner zeigte ihm seinen Dienstausweis. »Ich komme vom Landeskriminalamt. Darf ich Ihnen zwei, drei Fragen stellen?«

»Gern. Warum nicht? Waldemar Fink mein Name, wie der Vogel.«

»Den Fink hab ich auch im Namen: Ich heiße Carl Finkbeiner.«

»Das ist lustig. Kommen Sie doch rein.«

Sie betraten die Wohnung, die vollgestopft war mit Büchern, die sich zum Teil als Säulen dicht an dicht vom Boden bis zur Decke stapelten. Dazwischen blieb nur ein schmaler Gang, der zu einem einfachen Holztisch mit zwei Stühlen führte.

»Handeln Sie mit Büchern«, frage Finkbeiner, »oder sammeln Sie die?«

»Ne, ne, ich verkaufe sie. Mittwoch und Samstag bin ich auf Flohmärkten, und natürlich mache ich mein Geschäft auch über *Ebay*. Läuft ganz gut, zurzeit sowieso. Außer in Berlin und Sachsen-Anhalt sind in allen Ländern die Buchhandlungen geschlossen. Da boomt der Versand. Setzen Sie sich doch.«

Carl Finkbeiner nahm auf einem der beiden Holzstühle Platz. »Wie gut kennen Sie Frau Schlösser?«

»Nicht besonders gut. Man sagt ›Guten Tag‹ und ›Guten Weg‹. Ich trage manchmal ihren Müll mit runter, und wenn sie verreist ist, gieße ich ihre Blumen. Sie hat auch schon das eine oder andere Buch bei mir gekauft.«

»Tja«, sagte Finkbeiner nachdenklich, »da werden Sie mir wohl kaum helfen können.«

»Worum geht's denn?« Ohne zu fragen, hatte Fink eine Flasche und zwei Gläser hinter einem der Bücherstapel hervorgeholt und goss nun ein. »Das ist ein einfacher, aber durchaus trinkbarer Sherry.«

Carl wollte schon sagen, er sei im Dienst und dürfe deshalb nichts trinken, aber dann bedankte er sich und nahm einen Schluck, während sich der Mann ihm gegenübersetzte.

»Wir müssten wissen, wer Frau Schlösser wann besucht, wobei es auch noch um einen speziellen Termin geht.«

Fink schmunzelte. »Ich bin ein neugieriger Mensch, und wenn jemand die Treppe hinaufgeht, linse ich schon mal durch meinen Spion an der Wohnungstür.«

»Und? Hat sie viel Besuch?«

»Nein, nein. Sie ist ja auch nicht so oft zu Hause. Das hat sich allerdings in der Coronakrise geändert.«

»Und wenn sie Besuch hat?«

»Dann eigentlich nur von zwei Männern, die unterschiedlicher nicht sein könnten.«

»Erzählen Sie!«

»Der eine ist mehr so ein Bubi. Vielleicht ... ich weiß nicht ... 30 oder so, und nicht größer als ich.« Fink stand auf und reckte sich ein wenig. Finkbeiner schätzte ihn auf höchsten einen Meter fünfundsechzig.

»Kommt der oft?«

»Ich müsste lügen, wenn ich da eine Frequenz angeben sollte. Aber ich denke, so alle 14 Tage mindestens.«

»Und der andere?«

»Ein Ausländer. Groß. Mit einem schwarzen Bart, vielleicht 50 oder auch 60, wie will man das bei einem Araber schätzen.«

»Ein Araber?«

»Vielleicht. Könnte auch ein Türke sein, aber ich tippe eher so auf Libyen, Marokko oder Saudi-Arabien.«

»Bleibt der immer länger?«

»Der nicht. Der andere schon.«

»Es gäbe da noch einen Kandidaten«, sagte Carl Finkbeiner. »Über einen Meter neunzig groß, massiger Schädel, dicker Schnurrbart und athletisch gebaut. Alter um die 60.«

»So einen habe ich hier noch nie gesehen, was natürlich nichts heißen will. Ich sitze nicht ständig hinter meinem Guckloch.« Fink kicherte.

Finkbeiner stand auf und wandte sich den Bücherstapeln zu. »Ich bin ein leidenschaftlicher Leser. Darf ich mich mal umschauen?«

»Aber mit dem größten Vergnügen. Sie sind mir auch sonst jederzeit willkommen.«

Als Jenny wieder in den Dienstwagen stieg, musterte sie den Berg von Büchern auf der Rückbank. Carl grinste. »Lauter Schnäppchen. Der Mann, bei dem ich war, ist Antiquar. Und außerdem hat er beobachtet, dass Frau Schlösser regelmäßig Besuch von zwei Männern bekommt. Der Beschreibung nach sind es Holm Bergmeister und der Araber Nidal Chahrour Al-Bakr.«

»Echt jetzt?«

»Ob einer von den beiden am vorvergangenen Sonntagabend bei ihr war, wusste er leider nicht.«

»Und Frank Ulrich Bergmeister?«

»Den hat er offensichtlich noch nie gesehen. Außer Herrn Fink, so heißt der Bücherwurm, wusste niemand im Haus etwas über Lydia Schlösser. – Was hast du herausgefunden?«

»Sie hat sich erkundigt, in welches Land zurzeit Flüge gehen.«

»Wie hast du denn das rausgekriegt?«

Jenny lachte. »Ich hab einfach meinen Dienstausweis auf den Tisch gelegt und gefragt. Die Angestellte wusste nicht, ob sie Auskunft geben darf, aber ich hab ihr gesagt, es sei ein sehr ernster Fall, und wenn sie nicht aussagen werde, gefährde sie unheimlich wichtige Ermittlungen. Ich habe dann noch leise und verschwörerisch hinzugefügt: ›Sie haben ja gesehen, ich bin von der vierten Mordkommission. Es geht in unserem Fall tatsächlich um Leben und Tod.‹«

»Also wirklich …«

»Lass mal. Es hat gewirkt. Immerhin weiß ich jetzt, dass Frau Schlösser für Donnerstag, also übermorgen, einen Flug nach Hurghada in Ägypten gebucht hat. Sie muss dort vermutlich in Quarantäne, aber das störe sie nicht, hat sie wohl gesagt.«

Die beiden machten auf ihrer Fahrt zurück ins Präsidium einen Umweg, trugen die Bücher in Carl Finkbeiners Wohnung, und als sie die Bände im Arbeitszimmer abgesetzt hatten, blieb Jenny vor Carl stehen, umarmte und küsste ihn und sagte: »Wir haben doch noch ein bisschen Zeit, oder?«

Er gab den Kuss zurück. »Wir können aber auch noch warten bis zum Abend.«

»Ich nicht«, antwortete Jenny und zog Carl den Pullover über den Kopf.

Norbert Meier fiel mit der Tür ins Haus. »Ich wusste gar nicht, dass du hier in Berlin eine Schwester hast.«

Arabella Wychniak sah ihm in die Augen, blinzelte ein paarmal heftig und sagte schließlich: »Und was interessiert dich daran?«

»Deine Schwester Lydia spielt in unseren Ermittlungen eine wichtige Rolle.«

»Warum?«

»Das ist kompliziert. Es gibt ein paar Verdachtspunkte. Zum Beispiel hat sie einem Mann möglicherweise ein falsches Alibi gegeben. Und sie verkehrt mit Leuten, die nachweislich in illegale Geschäfte verwickelt sind.«

Arabella Wychniak sagte nichts darauf, sondern betrachtete, scheinbar gelangweilt, ihre Fingernägel.

Plötzlich hatte Meier eine Idee. Er überlegte, ob er sie aussprechen sollte. Peter Heiland hätte das getan, aber so ein Schuss ins Blaue war eigentlich nicht Meiers Sache. Dennoch versuchte er es jetzt: »Sie hat offensichtlich für die wilden Partys ihres Chefs die Weiber aus deinem Puff vermittelt.«

»Das ist nicht wahr!«

»Arabella, ich habe dir versprochen, dich nicht zu verraten. Und ich werde das auch nicht tun.«

Arabella Wychniak öffnete eine kleine Schublade an ihrem Empire-Schreibtisch und holte ein Päckchen Zigaretten heraus.

»Du rauchst?«, fragte Meier überrascht. »Ich hab dich noch nie mit einer Zigarette gesehen.«

»Das ist das erste Mal wieder seit sieben Jahren, und du bist schuld!« Sie zündete sich eine Zigarette an, inhalierte und bekam einen Hustenanfall. »Ich habe dir beim letzten Mal viel zu viel erzählt. Irgendwie musst du einen schwachen Punkt bei mir getroffen haben, aber das kommt nicht wieder vor, mein Lieber!«

Norbert Meier reagierte nicht darauf. »Seid ihr sehr vertraut miteinander, du und Lydia?«

»Das waren wir einmal. So vertraut, wie Schwestern überhaupt nur sein können. Aber irgendwann ist uns das verlorengegangen. Erst neulich haben wir darüber geredet. Keine von uns beiden weiß, wie es dazu gekommen ist.«

»Aber ihr habt noch so etwas wie eine Geschäftsbeziehung, oder?«

»Fängst du schon wieder damit an?« Arabella drückte die Zigarette nach wenigen Zügen aus. »Es ist nie etwas Schlimmes passiert. Im Gegenteil. Die Mädchen waren immer ganz happy, wenn sie von so einer Party zurückkamen.«

»Du meinst, von einer der Partys in der Villa von Frank Ulrich Bergmeister?«

»Zum Beispiel, ja.«

»Wer hat denn die Frauen bezahlt? Bergmeister oder dieser Al-Bakr?«

»Das lief alles über Fritz Konnert!«

»Was?«

»Ja. Du glaubst doch nicht im Ernst, dass sich Bergmeister oder Al-Bakr dazu herabgelassen hätten, mit einer wie mir zu verhandeln. Von denen macht sich keiner die Finger schmutzig. So einer hat für alles seine Leute.«

»Hat Konnert auch dich bezahlt?«

»Du hast versprochen, du hältst mich aus allem raus, Norbert.«

»Soweit irgend möglich, werde ich das tun. Aber dann musst du mir auch alles sagen, was du weißt.«

Arabella zündete sich eine neue Zigarette an. »Wenn das mit Aneta nicht passiert wäre ...«

»Du meinst doch eher, wenn nicht passiert wäre, dass Holm Bergmeister die Mädchen weggebracht hat.«

»Ich habe Konnert klipp und klar gesagt, wenn es um die Partys geht, bin ich nicht dagegen. Wir alle haben ja gut dabei verdient. Konnert sicher auch. Aber dass mehr und mehr der Mädchen in der Hoffnung auf das große Glück plötzlich verschwunden sind ...« Sie unterbrach sich.

»Seit wann wusstest du davon, dass diese Schweine auch mit Frauen handeln?«

»Den Verdacht hatte ich schon länger. Aber wie das ablief ... da hat mir erst Holm Bergmeister die Augen geöffnet. Wie er genau dahintergekommen ist, müsstest du ihn selber fragen.«

»Das können wir«, antwortete Meier, »er sitzt unter dem Verdacht, Fritz Konnert ermordet zu haben, in einer Haftzelle bei uns.«

»Und die Mädchen?«

»Sind verschwunden.«

Peter Heiland traf Theo Schieferfeld zu Hause nicht an. Seine Frau Annette gab dem Kommissar die Adresse des Büros und sagte, dort werde er ihn mit Sicherheit finden. Heiland bedankte sich. »Wissen Sie denn, wo er in der Nacht zum vorletzten Dienstag war?«

»Ja, natürlich, bei Arthur Lohmann, wie immer, wenn die Männer ihren Skatabend haben.«

»Leider stimmt das nicht«, sagte Peter Heiland.

»Wie bitte?«

»Herr Lohmann sitzt schon seit Wochen auf Ibiza fest.«

»Was sagen Sie da? Ja, wo war mein Mann denn dann?«

»Das will ich ihn ja gerade fragen. Und bitte tun Sie mir einen Gefallen, rufen Sie ihn jetzt nicht an.«

Sie nickte nur und fuhr sich mit der flachen Hand über die Augen. Dann sagte sie: »Ich vermute schon die ganze Zeit, dass da etwas nicht stimmt.«

»Besten Dank«, sagte Peter Heiland und verließ das Haus.

Auf der Fahrt zu Schieferfelds Büro telefonierte Peter Heiland mit Norbert Meier und Carl Finkbeiner, um sich über das Ergebnis ihrer Ermittlungen unterrichten zu lassen. Ein wenig wunderte er sich darüber, wie Finkbeiner sprach, so, als wäre er gerade völlig außer Puste.

»Ich halte Sie nicht lange auf«, sagte der Hauptkommissar, als er das gut 80 Quadratmeter große Büro des Bauunternehmers und Immobilienmaklers Theo Schieferfeld betrat.

Der Unternehmer erhob sich nicht von seinem überdimensionierten Schreibtischstuhl. »Wenn es um den Unfall meiner Frau geht …«

»Es geht um Sie, Herr Schieferfeld. Wo waren Sie in der Nacht zum Dienstag, dem 12. Mai?«

»Was soll die Frage?«

Peter Heiland antwortete nicht, sondern sah dem Makler unverwandt ins Gesicht, das jetzt eine heftige Röte überzog. Schließlich bellte Schieferfeld: »Na gut! Bei einem Freund zum Skatspielen.«

»Bei Arthur Lohmann in der Hundekehlestraße?«

Schieferfelds Augen verengten sich zu Schlitzen. »Haben Sie das von meiner Frau?«

Peter Heiland ging nicht darauf ein. »Allerdings war Herr Lohmann am 12. Mai auf Ibiza, und er kann wegen der Coronakrise vorerst nicht zurück.« Heiland sagte das sachlich, und sein Ton wurde jetzt sogar eine Spur freundlicher: »Es geht uns nichts an, dass Sie stattdessen bei Ihrem Freund Bergmeister in seiner Villa im Pflasterweg eine Party gefeiert haben. Aber wir müssen wissen, was dort genau geschehen ist.«

Schieferfeld stand auf. Er war ein massiger Mann, etwa einen Meter fünfundsiebzig groß, mit kurzen Armen und einem fleischigen Gesicht. »Ich habe mir nichts vorzuwerfen.«

»Das mag sein. Aber eine junge Frau ist zu Tode gekommen, und ein Mann, der offensichtlich auch dort war, wurde ermordet. Deshalb ist es wichtig, dass Sie exakt aussagen, was in der Nacht passiert ist.«

»Okay«, sagte Schieferfeld und verfiel plötzlich in einen geschäftsmäßigen Ton, »bleiben wir bei den Fakten.«

»Ich bitte darum!« Peter Heiland, der bis jetzt nahe der Tür stehen geblieben war, setzte sich in der Besuchergruppe in einen Sessel, zog seinen Notizblock und seinen Kugelschreiber heraus, bereit, Schieferfelds Aussage zu Protokoll zu nehmen.

»Diese kleinen Feste feiern wir in unregelmäßigen Abständen. Wir sind sieben, manchmal acht oder auch mal zehn Männer, und in der Regel stehen ebenso viele Frauen zur Verfügung.«

»Aber das war an jenem Dienstag anders.«

»Ja, die Lieferung … also es war nur eine da. Zunächst hieß es, die anderen würden nachkommen, aber plötzlich sagte jemand, die seien verschwunden, und sprach sogar von einer Entführung. Wir machten Konnert …«

»Sie meinen den Journalisten Fritz Konnert?«

»Ja, der hat das in aller Regel organisiert. Also wir machten ihn dafür verantwortlich. Er ist dann mit diesem Mädel im Keller verschwunden. Vorher sagte er noch: ›Ich werde schon rauskriegen, wo die anderen sind, und dann schaffe ich sie her.‹ Wir haben einstweilen getrunken und ein paar ziemlich scharfe Pornofilme angeschaut. Das gehört eigentlich immer dazu, auch wenn die Damen dabei sind.«

»Wir haben in dem Gartenzimmer auch zwei gebrauchte Kondome gefunden«, warf Peter Heiland ein.

»Ja, zwei oder drei von uns haben's davor mit diesem Girl getrieben, aber es war natürlich nicht wie sonst. Alle waren irgendwie schlecht gelaunt. Und es ging ja dann auch schon auf Mitternacht zu. Jedenfalls hörten wir plötzlich die panischen Schreie von dieser Nutte. Wir haben gar nicht richtig mitgekriegt, dass sie aus dem Haus gerannt ist, Konnert lief ihr nach und Bergmeister sagte dann: ›Leute, bevor die Polizei kommt – wir machen Schluss.‹ Wir sind dann, so schnell es ging, auseinandergelaufen.«

»Was sagt Ihnen der Name Al-Bakr?«

»Meinen Sie Nidal Chahrour Al-Bakr? Er ist ein wichtiger Geschäftskontakt von mir. Aber der hat doch damit nichts zu tun.«

»Vielleicht doch. Da Sie so offen zu mir sind, will ich's auch Ihnen gegenüber sein. Wir müssen davon ausgehen, dass Al-Bakr nicht nur Waffenlieferungen und andere mehr oder weniger illegale Geschäfte organisiert, sondern auch den Handel mit Frauen betreibt, die in den Nahen Osten gelockt werden und dort in den Harems verschwinden.«

»Das glaube ich nicht. Ich habe lediglich auf dem Immobiliensektor mit ihm zu tun.«

»Er legt da Geld an?«

»Das ist nicht ungewöhnlich.«

»Bargeld in der Regel, nehme ich an.«

»Auch das ist nicht unüblich.«

»Und eine Methode der Geldwäsche, wie man weiß.«

»Mag sein. Aber ich interessiere mich natürlich nicht dafür, wo ein Investor sein Geld herhat.«

»Kommen wir auf die Nacht zum 12. Mai zurück, Herr Schieferfeld. War denn Fritz Konnert den ganzen Abend mit dabei?«

»Er ist nie mit dabei«, antwortete der Unternehmer mit einem geringschätzigen Gesichtsausdruck, »er hat nur dafür zu sorgen, dass alles läuft. Sobald die Party losgeht, zieht er sich zurück.«

»Zog er sich zurück«, verbesserte Peter Heiland. »Jetzt ist er tot.«

Als Jenny und Carl wieder in ihren Dienstwagen stiegen, sagte Jenny: »Schön war das!«

»Ja, aber ich habe ein schlechtes Gewissen.«

Jenny lachte. »Ich finde, das steht uns zu! Hast du mal ausgerechnet, wie viele Überstunden du in den letzten Wochen gemacht hast?«

»Ne.«

»Solltest du mal. Aber ein bisschen ein schlechtes Gewissen habe ich auch. Wir sollten uns endlich outen, findest du nicht?«

»Das bedeutet aber, dass einer von uns versetzt wird.«

»*Eine* vermutlich!« Jenny startete den Motor.

»Ich fasse zusammen«, sagte Peter Heiland, der wieder einmal auf der Fensterbank des Gemeinschaftsbüros saß und mit seinen Absätzen rhythmisch gegen die Verkleidung der Heizung bumste. »Die Party wurde von

Frank Ulrich Bergmeister veranstaltet und sofort aufgelöst, als Aneta Mitrasca aus dem Haus gerannt war. Vermutlich ist er selbst zu seiner Geliebten, Melanie Liesenbrink, zurückgekehrt. Als Schieferfeld nach Hause fuhr, traf er auf den Unfall, den seine Frau verursacht hat und bei dem Aneta Mitrasca ums Leben gekommen ist. Wir müssen davon ausgehen, dass Konnert das Mädchen misshandelt hat, um zu erfahren, wo die anderen Prostituierten waren. Sicher hat Aneta das aber nicht gewusst. Sie war ja nicht dabei, als Holm Bergmeister die sieben anderen in Sicherheit gebracht hat.«

»Der Fall Mitrasca wäre also geklärt«, sagte Norbert Meier, dem daran gelegen war, dass nicht weitere Nachforschungen bei Arabella Wychniak stattfinden würden. »Jetzt geht es nur noch um den Mord an Fritz Konnert und um die sieben verschwundenen Frauen.«

Peter Heiland sprang von der Fensterbank. »Wir werden nicht darum herumkommen, Al-Bakr zu befragen.«

»Und wie kommen wir an den ran?«, fragte Carl Finkbeiner.

»Er wohnt ständig in einer Suite im Hotel *Majestic*, hat Holm Bergmeister ausgesagt«, gab Peter Heiland zurück.

»Die Staatsanwaltschaft bittet, nichts gegen Al-Bakr zu unternehmen, bevor wir nicht mit ihr gesprochen haben.«

»Dann machen wir das doch«, entschied Peter Heiland.

18

Oberstaatsanwalt Simon Kiedaisch war ein Mann Anfang 40, ein Einser-Jurist mit einer beachtlichen Karriere, gut einen Meter fünfundachtzig groß, sehr schlank, mit einem schmalen Kopf, der an einen Windhund erinnerte. Straff zog sich die Haut über die Wangenknochen, die Augenbrauen waren zwei gerade Striche. Der Mund war sehr schmal, das Kinn sprang leicht vor. Das Haar hatte er exakt auf der linken Seite gescheitelt.

Er hörte sich Peter Heilands Bericht an, ohne einmal dazwischenzufragen, hob dann die schmalen Augenbrauen: »Glauben Sie wirklich, dass dieser Mann am helllichten Tag einen Menschen erschießt?«

»Nein. Ich könnte mir aber vorstellen, dass er den Mord angeordnet hat.«

»Und warum sollte er das tun?«

»Fritz Konnert stand ganz offensichtlich in seinen Diensten, und er war ein unberechenbarer Mensch. Möglich, dass er versucht hat, Al-Bakr zu erpressen. Er wusste augenscheinlich eine Menge über ihn.«

»Al-Bakr ist für uns ein wichtiger Informant«, sagte Kiedaisch.

»Vermutlich ein Mann, der auf beiden Schultern Wasser trägt, wie man bei uns sagt.«

»Und wo ist das?«

»In Schwaben.«

Ein kaum wahrnehmbares Lächeln huschte über das Gesicht des Oberstaatsanwalts. »Das Land der Dichter und Denker, nicht wahr: Hegel, Schiller, Hölderlin …«

»Ganz recht!«

Kiedaisch erhob sich. »Ich kann Ihnen Ihre Ermittlungen nicht verbieten, aber ich muss Sie bitten, sehr behutsam vorzugehen, solang Sie keine schlüssigen Beweise haben.«

Peter Heiland nickte. »Sie können sich darauf verlassen.«

Das Hotel *Majestic* lag nahe dem Potsdamer Platz. Peter Heiland und Jenny Kreuters betraten das Foyer, eine hohe Halle aus Marmor und Glas. Es war wenig los, wie in allen Beherbergungsbetrieben Berlins. Ausländische Geschäftsleute reisten kaum an, deutsche Touristen nur in geringer Zahl. Im Foyer saßen drei Gäste. Alle drei lasen Zeitung. Peter Heiland setzte sich in einen der schwarzen Ledersessel. Jenny Kreuters ging zur Rezeption und zeigte ihr freundlichstes Lächeln. »Ich möchte zu Herrn Nidal Chahrour Al-Bakr.« Sie setzte rasch hinzu: »Suite 411«, um zu zeigen, dass sie mit ihm bekannt war.

»Er ist im Restaurant«, antwortete der Portier, »will aber nicht gestört werden.«

»Ich werde ihn ganz bestimmt nicht stören, habe nur eine kurze Nachricht für ihn.«

»Die können Sie bei mir lassen.«

»Tut mir leid, es ist persönlich.«

»Im first floor«, antwortete der Mann hinterm Tresen, ohne Jennys Lächeln zu erwidern.

Die junge Kommissarin nahm die Treppe, erreichte das Restaurant im ersten Stock und sah, dass nur zwei Tische besetzt waren. Sie blieb hinter einem mächtigen grünen Gewächs am Eingang stehen und vermied es, auf sich aufmerksam zu machen. Al-Bakr saß an einem Tisch am Fenster mit Blick auf den Potsdamer Platz. Ihm gegenüber mit dem Rücken zum Eingang eine Frau. Ein Kellner reichte den beiden gerade die Speisekarte. Auf dem Tisch standen nur zwei Gläser Weißwein.

Jenny zog sich zurück, ging die Treppe wieder hinunter, winkte dem Rezeptionisten, der offensichtlich allein Dienst tat, kurz zu und trat zu Peter Heiland.

»Er sitzt im Restaurant und speist mit einer Dame. Der Kellner hat den beiden gerade erst die Speisekarte vorgelegt.«

»Hast du die Frau erkannt?«

»Nein, sie saß mit dem Rücken zu mir, und sie trägt einen breitkrempigen Hut. Ihr Gesicht war nicht zu sehen.«

»Wir hätten Meier mitnehmen müssen«, sagte Heiland, »dann wären wir in fünf Minuten in Al-Bakrs Zimmer.«

»Das geht auch anders«, war sich Jenny sicher. »Es ist zwar lange her, aber kurz nach dem Abitur habe ich mal als Zimmermädchen in einem Hotel gearbeitet, um das Geld für eine Reise nach Australien zu verdienen.«

»Und? Warst du dort?«

»Natürlich! Was denkst denn du? Danach erst bin ich auf die Polizeischule gegangen.«

»Und was nutzt uns jetzt dein Wissen aus der Hotelbranche?«

»Im Raum mit den Putzmitteln hängt meistens ein Hauptschlüssel am Haken – als Ersatz, falls der andere unterwegs ist oder verloren geht.«

Sie nutzten einen Augenblick, in dem der Rezeptionist seinen Posten hinter dem Tresen verlassen hatte, und eilten die Treppe zum Untergeschoss hinab.

Peter Heiland stand Wache auf dem Flur, während Jenny hinter der Tür mit der Aufschrift ›Housekeeping, Zutritt nur für Personal‹ verschwand. Als sie wieder herauskam, hielt sie triumphierend einen Schlüssel hoch. Heiland schüttelte den Kopf. »Also ich weiß nicht, das ist 'ne illegale Nummer.«

Jenny grinste. »Nennen wir es erschwerte Ermittlungen.« Sie sprang so schnell die Treppe hinauf, dass Peter Heiland Mühe hatte, Schritt zu halten.

Der Korridor im vierten Stock war menschenleer. Die Suite mit der Nummer 411 lag ganz am Ende des langen Korridors. Jenny steckte den Schlüssel ins Schloss. Die Tür ließ sich ohne Komplikationen öffnen. »Wow«, machte die Kommissarin, als sie den Raum betraten. »Das ist ja ein Blick fast über die ganze Stadt!«

Das Appartement bestand aus zwei Zimmern, die durch eine breite Schiebetür, die jetzt offen stand, getrennt werden konnten. Vor einem der bodentiefen Fenster stand ein schmaler Schreibtisch, darauf nichts außer einem aufgeklappten Laptop.

»Ich gehe am besten runter ins Restaurant«, sagte Peter Heiland, »sobald Al-Bakr seinen Platz verlässt, warne ich dich auf deinem Handy.«

»Ist gut!« Jenny zog Latexhandschuhe an und fuhr den Laptop hoch.

Der Kellner servierte Al-Bakr und der Dame, die ihm gegenübersaß, die Vorspeise, als Peter Heiland vorsichtig einen ersten Blick in das Restaurant warf. Der Kommissar wählte einen Tisch hinter einer Vitrine, in der edle Lederwaren ausgestellt waren, bestellte ein Glas Weißwein und ein Mineralwasser und beschäftigte sich mit der Speisekarte. Er beobachtete das Paar am Fenster durch das doppelte Glas der Vitrine. Einmal wurde deren Gespräch unterbrochen, als Al-Bakrs Telefon klingelte. Der Araber stand auf und entfernte sich ein paar Schritte. Die Frau an seinem Tisch nutzte die Gelegenheit, um in einem Handspiegel ihr Make-up zu überprüfen. Der breitkrempige Hut verdeckte aber auch jetzt ihr Gesicht.

Al-Bakr beendete das Gespräch, setzte sich wieder und begann, die Vorspeise zu essen. In diesem Augenblick kam der Portier herein, blieb zwei Meter vor dem Tisch des Paares stehen, und Peter Heiland hörte, wie er sagte: »Ist alles in Ordnung, Herr Al-Bakr?« Was der Libanese antwortete, verstand Peter Heiland nicht.

»Und? Hat Sie die Dame erreicht?«

Peter Heiland wählte Jennys Nummer.

Al-Bakr hob den Kopf und sah den Portier misstrauisch an. Heiland hörte, wie er schroff fragte: »Welche Dame?«

Jenny meldete sich. »Augenblick noch«, flüsterte Peter in sein Telefon.

»Vor etwa 20 Minuten hat sie nach Ihnen gefragt. Ich habe ihr gesagt, dass Sie nicht gestört werden wollen. Aber sie wollte ja nur kurz etwas abgeben. Es sei sehr persönlich, hat sie gesagt.« Man sah dem Portier an, wie unwohl es ihm bei diesen Worten war.

Al-Bakr stand auf, stieß seinen Stuhl heftig zurück, und Peter Heiland hörte, wie er sagte: »Ich muss los! Es ist ja alles besprochen!« Dabei zog er einen Umschlag aus seiner Jackentasche und warf ihn vor der Dame auf den Tisch.

Peter Heiland sagte ins Telefon: »Er kommt. Nichts wie weg!«

Al-Bakr lief mit eiligen Schritten dicht an Peter Heilands Tisch vorbei, beachtete ihn aber nicht. Der Portier sah ihm sichtlich verdattert hinterher. Der Kellner rief: »Kommen Sie wieder?«

»Nein«, antwortete der Araber, schon unter der Tür.

Peter Heiland ging zu dem Tisch, den Al-Bakr verlassen hatte.

Die Frau erhob sich, drehte sich um und stand plötzlich dicht vor ihm.

»Tag, Frau Schlösser«, sagte der Kommissar.

Vor Schreck ließ sie den Umschlag fallen. Er war offen. Ein paar Scheine glitten heraus. Peter Heiland bückte sich und hob das Kuvert und die Scheine auf. Das Geld steckte er in den Umschlag zurück. »Eine ganz schöne Summe«, sagte er.

»Was wollen Sie?«

»Unter anderem will ich Sie daran hindern, nächsten Donnerstag nach Hurghada zu fliegen.«

»Was ist los?« Hektische rote Flecken machten sich auf dem hübschen Gesicht Frau Schlössers breit.

»Und dann will ich natürlich klären, welche Rolle Sie bei den Geschäften des Herrn Al-Bakr spielen.«

»Ich verstehe kein Wort!«

Der Portier trat zu den beiden. »Belästigt Sie der Mann?«

Peter Heiland zückte seinen Polizeiausweis und hielt ihn dem Mann unter die Nase. »Bitte stören Sie mich nicht. Ich arbeite.«

Lydia Schlösser stopfte den Umschlag in ihre Handtasche. »Lassen Sie mich vorbei!«, herrschte sie Peter Heiland an.

Der Kommissar wäre sich lächerlich vorgekommen, wenn er gesagt hätte: »Ich nehme Sie vorläufig fest.« Er hatte keine Dienstwaffe und keine Handschellen dabei. Wie hätte er sie dazu zwingen können mitzukommen?

An der Tür erschien Jenny Kreuters. Der Portier starrte sie an. »Sie sind ja immer noch da!«

»Eine Kollegin von mir«, sagte Heiland, und zu Frau Schlösser: »Sie können gehen.«

Mit schnellen Schritten stöckelte sie los, verfiel aber schon nach wenigen Schritten in einen provozierend langsamen Gang. An der Tür wandte sie sich noch einmal um und hob den Mittelfinger.

Peter Heiland lächelte. »Sehr damenhaft!«

Noch bevor Jenny erzählen konnte, was sie erreicht hatte, rief Peter Heiland seinen Kollegen Norbert Meier an, berichtete kurz und sagte dann: »Geh bitte mit zwei Beamten der Schutzpolizei zu ihr in die Berkaer Straße und nimm sie fest.«

»Verdacht?«, fragte Meier.

»Illegaler Menschenhandel, Anstiftung zur Prostitution Minderjähriger, Geldwäsche, uneidliche Falschaussage und was dir sonst noch einfällt. Wir müssen sie aus dem Verkehr ziehen und ihre Wohnung durchsuchen.«

»Okay, gebongt«, antwortete Meier und legte auf.

Jetzt endlich wandte sich Peter Heiland seiner Kollegin zu. »Und?«

»Ich hab ein paar Dateien kopiert«, sie hob einen silbern glitzernden Stick hoch.

»Und wo hast du den her?«

»Davon steckten mindestens fünf Stück in einem Aktenkoffer, der unter dem Schreibtisch stand.«

»Leer?«, fragte Heiland.

»Hab ich nicht geprüft. Aber ich konnte feststellen, dass er noch genügend freie Kapazitäten hatte.«

Peter Heiland sah sie an. »Wenn's nach mir ginge, würdest du jetzt befördert.«

»Eher werde ich versetzt«, antwortete Jenny ernst.

»Warum das denn? Was redest du denn da?«

»Hast du nach Feierabend ’ne Stunde Zeit?«

»Ja, warum?«

»Weil Carl und ich dir etwas erzählen wollen.«

Natürlich ahnte Peter Heiland, worum es gehen würde. »Sag bloß …!«, rief er.

»Sagen wir, um 19 Uhr bei *Gianni*?«

»Kann Hanna dazukommen?«

»Ja, natürlich. Ich denke, auch Heinrich würde nicht stören.«

19

Meier und die beiden uniformierten Beamten waren bereits da, als Lydia Schlösser in der Berkaer Straße ihren Alfa einparkte. Als sie die Haustür aufsperrte, traten die drei Beamten zu ihr. Meier sprach sie an: »Frau Lydia Schlösser?«

Sie fuhr herum. »Ja?«

»Sie sind vorläufig festgenommen unter dem Verdacht illegalen Menschenhandels, Anstiftung zur Prostitution Minderjähriger, Geldwäsche, uneidlicher Falschaussage.«

»Das ist doch idiotisch!«

Stoisch antwortete Meier: »Ich muss Sie darauf aufmerksam machen: Alles, was Sie ab jetzt sagen, kann gegen Sie verwendet werden. Sie können jederzeit einen Rechtsanwalt beiziehen.«

Statt zu antworten, wählte Frau Schlösser eine Nummer auf ihrem Mobiltelefon, und als sie Verbindung hatte, sagte sie: »Ich bin's. Die Polizei will mich festnehmen. Ich habe keine Ahnung, warum. Was soll ich tun?« Sie hörte kurz zu. »Sprichst du mit ihm?« Kurze Pause. »Danke!«

Sie legte auf. Mit einem schnellen, harten Griff nahm ihr Meier das Handy aus der Hand, drückte auf ›Wählen‹ und sah den Namen Frank Ulrich. Er gab ihr das

Handy zurück. »Frank Ulrich Bergmeister, nehme ich an.«

»Sie sind ein ganz mieses Schwein!«, schrie ihn Lydia Schlösser an.

Meier quittierte es mit einem breiten Grinsen. Die beiden Schutzpolizisten nötigten Frau Schlösser in ihren Streifenwagen.

»Der Buchfink müsste einen Schlüssel haben …«

»Wer?«, fragte Peter Heiland.

»Waldemar Fink, der ein Stockwerk unter Frau Schlösser wohnt, er gießt ihre Blumen, wenn sie weg ist«, sagte Carl Finkbeiner. »Da brauchen wir Norberts Einbrecherkünste nicht.«

»Willst du Frau Schlösser heute noch vernehmen?«, fragte Jenny.

»Nein, die lassen wir bis morgen erst mal schmoren.«

»Dann bleibt es also bei unserer Verabredung?«

»Ja, natürlich.«

»Gut«, sagte Carl, der den beiden ruhig zugehört hatte, »dann besuche ich aber vorher noch meinen neuen Freund.«

Zwanzig Minuten später klingelte Carl Finkbeiner bei Waldemar Fink. »Das freut mich«, sagte der Antiquar freundlich, »dass Sie sich so rasch wieder melden.«

»Es ist leider amtlich«, antwortete der Kommissar, rückte seine Atemmaske zurecht und deutete eine Verbeugung an.

Fink überspielte seine kleine Enttäuschung. »Wenn ich Ihnen helfen kann?«

»Haben Sie einen Schlüssel zu Frau Schlössers Wohnung? Sie sagten mir doch, dass Sie die Blumen gießen, wenn sie verreist ist.«

»Ja, den Schlüssel habe ich.« Es klang reserviert.

»Frau Schlösser wird vermutlich länger nicht da sein. Wir mussten sie heute verhaften. Die Gründe erkläre ich Ihnen gerne.«

»Trotzdem wäre es ein Vertrauensbruch«, sagte Fink kühl.

»Schauen Sie«, erklärte Finkbeiner, »ich könnte die Wohnung aufbrechen lassen, für unseren technischen Dienst wäre das kein Problem. Aber ich dachte, wir brauchen den Aufwand nicht.«

Fink kratzte sich hinter dem rechten Ohr und wiegte seinen Kopf hin und her. »Tja«, machte er, sagte aber nichts weiter dazu.

»Sie wollen mir also nicht helfen?«

Wieder sagte der Büchersammler nur: »Tja.«

»Gut, ich verstehe Sie.« Carl Finkbeiner schickte sich an, die Treppe hinunterzugehen, hielt aber nochmal kurz inne. »Übrigens: Ich habe diese kleine Erzählung *Meine Universitäten* von Maxim Gorki gelesen, die Sie mir so empfohlen haben.«

»Ach ja?«

»Eine richtige Entdeckung. Offenbar ist es ein Teil oder eine Vorstudie zu seiner Autobiografie.«

»Ja, so könnte man's nennen.«

Carl Finkbeiner ging zwei Stufen weiter die Treppe hinab.

»Warten Sie einen Moment.«

Finkbeiner blieb stehen.

»Es ist mir nicht wohl dabei. Aber ich komme mit Ihnen nach oben. Ich hole nur schnell den Schlüssel.«

Als die beiden die Dachwohnung betraten, blieb Fink unter der Tür stehen. Der Kommissar ging zu dem Schreibtisch vor einem Fenster, das auf die Berkaer Straße hinausging. Auf der Tischplatte stand nur ein Festnetztelefon mit Anrufbeantworter. Finkbeiner schaltete ihn ein. »Eine neue Nachricht«, verkündete eine Frauenstimme. »Erste neue Nachricht.« Eine männliche Stimme sagte: »Melde mich später wieder.« Finkbeiner wartete, bis die Frauenstimme sagte: »Restspeicherzeit 19 Minuten und 40 Sekunden.« Dann drückte er erneut auf den Knopf. Jetzt kam die Ansage: »Eine alte Nachricht«, danach folgte eine andere männliche Stimme als die zuvor: »Nidal hier. Wir treffen uns um 12 Uhr 30 im *Majestic*. Die Frauen reisen morgen Abend. Das Geld für dich bringe ich mit.«

»Nidal Chahrour Al-Bakr«, sagte Finkbeiner leise vor sich hin.

»Wie bitte?«, rief Fink von der Türschwelle her.

»Das war einer der Männer, die Sie mir beschrieben haben: groß, mit einem schwarzen Bart, vielleicht 50 oder auch 60. Sie sagten noch, es sei schwer, das Alter eines solchen Ausländers zu schätzen.«

Fink nickte. »Und was ist mit dem?«

Finkbeiner zog die einzige Schreibtischschublade auf. »Er scheint tief in die verschiedensten Verbrechen verstrickt zu sein, nur sind wir ihm bisher nicht beigekommen.« Er holte ein schmales Notizbuch heraus, blätterte kurz darin und schob es rasch in die Gesäßtasche seiner ausgebeulten Cordhose.

Nach zehn weiteren Minuten beendete Carl Finkbeiner seine »Wohnungsbesichtigung«, wie er die Durchsuchung nannte, und meinte: »Jetzt hätte ich noch ein wenig Zeit, mich unter Ihren Bücherschätzen umzusehen.«

Fink war sichtlich erleichtert und schloss die Tür wieder ab.

Die Eisheiligen waren vorbei. Dieser Dienstag war der erste warme Frühlingstag. Bei *Gianni* hatte man die Tische nach draußen gestellt und vorsichtshalber warme rote Decken über die Stuhllehnen gehängt. Jenny Kreuters und Carl Finkbeiner waren schon da, als Peter und Hanna Heiland eintrafen.

»Wo habt ihr denn Heinrich?«, fragte Jenny.

»Der ist gut versorgt. Zum Glück hatte Franziska Zeit, und die liebt er mehr als uns, denke ich manchmal«, antwortete Hanna.

»Was natürlich eine Fehleinschätzung ist«, setzte Peter hinzu.

»Wenn ihr erlaubt, lade ich euch alle ein«, sagte Carl Finkbeiner. »Ich habe mal wieder eine Kurzgeschichte verkauft.«

»Als ob du eine solche Einladung nicht von deinem Gehalt bezahlen könntest«, rief Peter Heiland und fing sich dafür einen mahnenden Blick seiner Frau ein. »Also Peter, wirklich!«

»Peter hat recht«, gab Carl gutmütig zu. Er bestellte eine Flasche Luganer Wein, und alle vier entschieden sich für ein Spargelgericht.

Nachdem sie sich zugeprostet hatten, fragte Peter Heiland: »Was hat denn dein Besuch in der Berkaer Straße ergeben? Bist du überhaupt reingekommen in die Wohnung?«

Carl Finkbeiner nickte. »Ich hätte mir nicht gedacht, dass mir Maxim Gorki einmal als Türöffner dienen könnte.« Dann berichtete er von Nidal Chahrour Al-Bakrs Anruf auf Lydia Schlössers Apparat.

»Das Rendezvous haben wir ja beobachtet«, sagte Jenny Kreuters.

»Die Frauen reisen morgen Abend«, wiederholte Peter Heiland. »Und wir haben keine Ahnung, wo sie versteckt werden.«

»Ich habe da noch etwas gefunden.« Carl Finkbeiner rückte auf seinem Stuhl vor bis an die Kante, um das Notizbuch aus seiner hinteren Hosentasche herauszuziehen. »Daten und Namen. Hauptsächlich weibliche Namen. Frau Schlösser hat jede Bestellung notiert.«

»Was meinst du denn mit ›Bestellung‹?«, fragte Hanna.

»Hier zum Beispiel: fünf für Doktor Sieveking, wer immer das sein mag. Dann die Namen dazu: Michelle,

Aneta, Chantal, Rosi, Sylvie. Und hier: acht für HUB und das Datum vom vorletzten Sonntag. HUB steht vermutlich für Hans Ulrich Bergmeister.«

»Erinnert ihr euch an Jeffrey Epstein?«, sagte Hanna plötzlich.

Die anderen sahen sie nur fragend an.

»Dieser reiche Amerikaner, der sich junge Mädchen auf seine Insel einfliegen ließ, um sie zu missbrauchen. Und die Frau, die das alles für ihn organisiert hat, hieß … wartet mal … fällt mir gleich ein.«

»Ghislaine Maxwell«, rief Jenny.

»Genau!«

»Der zweite Sohn von Queen Elizabeth, Prinz Andrew, soll bei den Sexorgien dabei gewesen sein«, erinnerte sich Peter Heiland. »Und dieser Epstein hat sich nach seiner Verhaftung in der Gefängniszelle aufgehängt.«

»Du meinst, Lydia Schlösser ist so etwas wie die Ghislaine Maxwell Bergmeisters.«

»Sieht so aus, oder?«

»Und was hat das alles mit diesem Al-Bakr zu tun?«

»Das ist eine andere Schiene des Geschäftes von Frau Schlösser«, meinte Jenny. »Der Verkauf junger Mädchen nach Nahost, wo sie in irgendwelchen Harems verschwinden.«

»Vermutlich hat Lydia Schlösser mit Fritz Konnert gemeinsame Sache gemacht«, mutmaßte Peter Heiland. »Überhaupt denke ich, die hat viel mehr auf dem Gewissen, als wir bisher angenommen haben.«

»Glaubst du, Lydia Schlösser hat Fritz Konnert erschossen?«, fragte Hanna.

»Also jetzt geht die Fantasie mit euch durch«, meldete sich Carl Finkbeiner.

Alle schwiegen ein paar Augenblicke, ehe Peter Heiland sagte: »Schluss mit den Berufsgesprächen.« Er sah Carl und Jenny an. »Ihr wolltet uns etwas sagen.«

Carl Finkbeiner nickte. »Nach dem Essen.« Das wurde in diesem Augenblick serviert.

Zwanzig Minuten später legte Carl Finkbeiner behutsam sein Besteck auf den Teller, lehnte sich weit zurück und warf einen Blick in die Baumkronen der Kastanien hinauf, die entlang der Leonhardtstraße eine Allee bildeten. »Ihr werdet es ja wahrscheinlich längst vermutet haben.«

Keiner sagte etwas, alle schauten sich wechselseitig an, bis Hanna in ein fröhliches Lachen ausbrach. »Herzlichen Glückwunsch!«

»Ihr seid also tatsächlich jetzt ein Paar?«, fragte Peter Heiland.

Jenny hob die Arme: »Eigentlich sollte das heute das große Outing werden.«

»Ist es doch auch«, sagte Hanna, »auch wenn wir es längst geahnt haben.«

Als sie gegessen hatten und Gianni die zweite Flasche Luganer entkorkte, sagte Peter Heiland: »Über die Konsequenzen in der Abteilung seid ihr euch sicher im Klaren.«

Die beiden nickten.

»Eigentlich können wir euch beide nicht entbehren.«

»Aber die Geheimnistuerei muss ein Ende haben«, sagte Jenny ernst.

Während seine Kollegen bei *Gianni* speisten, saß Norbert Meier im Büro. Er hatte sich bereit erklärt, den Stick, den Jenny aus Al-Bakrs Suite mitgenommen hatte, auszuwerten. Aber er war nicht weit gekommen; denn die Schrift war arabisch, und das Übersetzungsprogramm verlangte genauere Angaben, über die er nicht verfügte. Ab und zu tauchte ein deutsches Wort auf, wie zum Beispiel Berlin oder der Name irgendeiner Straße, darunter auch der Pflasterweg und die Berkaer Straße. Über eine Stunde beschäftigte sich Norbert Meier mit einer Skizze, die offenbar ein großes Areal mit den verschiedensten Gebäuden zeigte. Eines davon war dick angekreuzt. Aber was dazu geschrieben stand, konnte er nicht entziffern. Da fiel ihm ein, dass in der Arbeitsgruppe Clan-Kriminalität der Abteilung drei zwei Männer arbeiteten, die aus Libyen beziehungsweise Syrien stammten. Einer von ihnen war noch im Haus: Ali Azzis, der Syrer, und er war bereit, umgehend ins Büro der vierten Mordkommission zu kommen.

Es war schon nach 22 Uhr, als Ali den Kopf hob. »Wie übersetze ich das jetzt: Heiligstadt? Aber die Orte sind doch sonst in Deutsch. Heilung ... Heil ...«

»Warte mal!«, rief Meier. »Heilstatt, Heilstätten. Stand da nicht irgendwo Beelitz?«

»Doch«, bestätigte Ali.

»Beelitz Heilstätten, das ist ein ziemlich bekannter Ort in Brandenburg.«

»Was bedeutet Heilstätten genau?«

»Na ja, Krankenhäuser, Reha-Einrichtungen, so was halt.« Meier war plötzlich ganz aufgeregt. »Warte mal!« Meier wechselte an Carl Finkbeiners Arbeitsplatz, fuhr dessen Computer hoch und gab den Namen ein. Nach ein paar Minuten las er laut vor: »Arbeiter-Lungenheilanstalten, ein Vorzeigeobjekt des Kaiserreichs, gegründet von Otto von Bismarck, mit vier Kilometer Tunnelgängen und einem der damals modernsten Heizkraftwerke im Deutschen Reich. Nachdem Robert Koch die Tuberkelbazillen entdeckt hatte, wurden an vielen Orten Heilstätten gegen die Schwindsucht, eine typische Arbeiterkrankheit, gegründet. Beelitz war eine der ersten und größten. Die Patienten hießen dort Pfleglinge. Sie wurden sauber getrennt nach männlich und weiblich sowie nach ansteckend und nicht ansteckend.«

»Interessant«, sagte der Syrer, »aber was hat das mit diesem Al-Bakr zu tun?«

»Schauen wir mal«, antwortete Meier. »Von 1945 bis 1994 war Beelitz das größte sowjetische Militärhospital außerhalb der Sowjetunion«, las er weiter vor. »Danach ist die Anlage zunehmend verfallen. Die meisten Gebäude sind heute nur noch Ruinen. Aber da steht, ein Ehepaar aus dem Westen habe gemeinsam mit Investoren für 14 Millionen Euro das Areal gekauft und bereits begonnen, die Gebäude wiederherzustellen. Und jetzt überleg mal, wie verlockend ein solches Objekt für einen

Investor ist, der Geld in Millionenhöhe waschen muss wie vermutlich der feine Herr Nidal Chahrour Al-Bakr.«

»Ja, das verstehe ich.«

»Und wenn er Frauen, die er gefangen hält …«

»Das verstehe ich jetzt nicht.«

»Wir suchen nach sieben verschwundenen Frauen, die irgendwo versteckt sein müssen, und wir glauben, dass Al-Bakr diese Frauen in den Nahen Osten verkaufen will.« Meier kam an seinen Schreibtisch zurück und hämmerte mit der Kuppe seines Zeigefingers auf den Bildschirm, wo noch immer die Skizze stand, genau an dem Punkt, wo ein Gebäude angekreuzt war.

»Vielleicht sind sie genau da!«

»Und du glaubst nicht, dass grade die Fantasie mit dir durchgeht? So sagt man doch bei euch.«

»Nein, das glaube ich nicht.« Norbert Meier nahm sein Telefon und wählte die Nummer von Peter Heilands Handy. Er berichtete ihm von seiner Entdeckung, und der stets zu spontanen Einfällen neigende Leiter der vierten Mordkommission sagte: »Und was ist, wenn wir da jetzt alle miteinander hinfahren?«

»Wer – wir alle?«, fragte Meier am anderen Ende der Leitung.

»Ich sitze mit Hanna, Jenny und Carl bei *Gianni* am Stuttgarter Platz.«

»Okay. Ich komme dorthin. Bis ihr bezahlt habt, bin ich da.«

»Danke«, sagte Peter, »und du fährst. Wir alle haben schon zu viel getrunken.«

20

Es war kurz vor Mitternacht. Das Gittertor zu öffnen, erwies sich für Norbert Meier als ziemlich einfach. Carl Finkbeiner, Jenny Kreuters und Peter Heiland betraten hinter ihm das Gelände. Hanna war nach Hause gefahren, um die Babysitterin abzulösen.

Das Areal lag tief im Dunkeln, nur manchmal, wenn der Mond wie ein gelber Ball zwischen schwarzen Wolkenfetzen am Himmel auftauchte, waren die Konturen der Gemäuer zu erkennen, Ruinen, die weit verstreut über das riesige Areal verteilt waren. Immer wenn das Mondlicht die Szene erhellte, blinkten einzelne Pfützen hell auf, als wären sie aus Silber. Dann konnte man auch den Holzpfad erkennen, der als lang gezogene Brücke, 18 Meter über der Erde, durch die Wipfel der Bäume über die ganze Anlage führte, gebaut als Sightseeing-Weg für die Besucher der einstigen Beelitzer Arbeiter-Lungenheilstätte. Die Säulen der Gebäude waren von Pflanzen umschlungen, die Fensteröffnungen und Ziegelgemäuer hohl; aus dem Obergeschoss einer Ruine war ein kleiner Wald herausgewachsen.

Meier ging zügig voraus, den Computerausdruck der Skizze in der einen und eine Taschenlampe in der anderen Hand. »Dort vorne müssen wir rechts und gleich danach noch mal links. Dann müssten wir da sein.«

Eine Minute später standen sie vor einem neu erbauten flachen, quadratischen Backsteinbau. Davor war ein Zelt aufgestellt, wie man es von Straßen- oder Kanalarbeiten her kannte. Ein schwacher Lichtschein erhellte die Plane von innen.

Bemüht, keinen Lärm zu machen, schlichen die vier sich an. Meier, wie immer vorneweg, lugte durch einen schmalen Spalt, holte tief Luft, schlug dann ruckartig die Plane zur Seite und sagte laut: »Hallo, Kumpel!«

Ein kleiner, gedrungener Mann, der einen grünen Tarnanzug trug, sprang von seinem Feldbett. Ein Buch fiel zu Boden. Er griff nach einer Maschinenpistole, die neben dem Kopfende stand. »Lass das lieber«, sagte Meier, der die Skizze in seiner rechten Hand durch seine Dienstwaffe ersetzt hatte.

Peter Heiland und Carl Finkbeiner kamen herein. »Polizei!«, sagte Heiland. »Landeskriminalamt Berlin.«

»Scheiße!«, stieß der Mann hervor und ließ sich auf die Liege zurückfallen.

»Steh auf!«, herrschte Meier ihn an. »Hände auf den Rücken.« Ein Paar Handschellen klickten.

Der überrumpelte Mann wehrte sich nicht. Meier klopfte ihn ab und brachte einen Schlüsselbund zum Vorschein. Er deutete auf den Gefangenen. »Ich bleibe bei ihm, versucht ihr mal, welcher Schlüssel passt.«

Peter Heiland war verärgert über die Art, wie Meier das Kommando an sich riss, sagte aber nichts, sondern nahm den Schlüsselbund wortlos entgegen.

Gleich hinter dem Bauzelt führten sechs Stufen zu einer eisernen Kellertür hinab, die mit drei Schlössern gesichert war. Nach einigem Herumprobieren konnte Heiland sie öffnen. Die Tür führte in einen dunklen Kellergang. Angespannt horchten die drei in den Korridor hinein. Nichts war zu hören. Finkbeiner schaltete das Taschenlampenlicht seines Handys ein und leuchtete die kahlen Wände ab. Am Ende des Gangs führte eine Steintreppe noch tiefer hinab und auf eine schwere Holztür zu. Heiland drückte einen Schalter am Beginn der Treppe. Licht flammte auf. Auch diese Tür war mit drei Schlössern gesichert, und auch hier fand Peter Heiland die richtigen Schlüssel. Vorsichtig zog er die Tür auf. Das Korridorlicht erlosch. Der Raum war nur zu ahnen. Peter Heiland tastete die Wand ab, fand einen Lichtschalter und drückte drauf. Die plötzliche Helligkeit blendete die drei Eindringlinge für ein paar Sekunden. Dann erkannten sie: An den Wänden standen vier eiserne Doppelstockbetten. Auf ihnen regten sich nun ein paar Gestalten. Peter sprach mit seiner wohlklingenden Baritonstimme beruhigend in den Raum hinein. »Keine Panik, meine Damen, wir sind gekommen, um Sie hier herauszuholen.« Nach und nach richteten sich die Frauen auf ihren Betten auf. »Wer sind Sie?«, fragte eine mit verschlafener Stimme.

»Mein Name ist Peter Heiland, ich komme vom Landeskriminalamt, das ist meine Kollegin Jenny Kreuters, und das ist Carl Finkbeiner, ebenfalls ein Kollege. Bitte machen Sie sich in aller Ruhe bereit. Wir müssen noch ein Fahrzeug organisieren.« Dabei sah er Jenny auffordernd an, die, nachdem sie rasch gesagt hatte: »Ich mach das«, den Raum verließ, um draußen zu telefonieren.

Eine der Frauen schwang die nackten Beine über den Rand ihres oberen Stockbettes und sprang herab. »Sind Sie wirklich von der Polizei?«

Peter Heiland zeigte ihr seinen Dienstausweis.

»Gott sei Dank!« Die Frau wandte sich ihren Begleiterinnen zu und rief etwas in einer fremden Sprache.

Ein wildes Stimmengewirr setzte ein. Einige der Frauen stießen Jubelschreie aus, andere klatschten in die Hände. Die Polizisten verstanden kein Wort.

»Kommen Sie alle aus Moldawien?«, fragte Carl Finkbeiner, als endlich etwas Ruhe eingekehrt war.

»Vier von uns. Zwei sind aus dem Kosovo. Ich bin Deutsche«, antwortete die Frau, die von Anfang an als Sprecherin aufgetreten war.

»Haben Sie denn gewusst, was Ihnen bevorstand?«

»Am Anfang überhaupt nicht. Fritz hat uns versprochen, wir kämen nach Hurghada in Ägypten und könnten dort in Hotels oder bei reichen Familien arbeiten.«

»Fritz Konnert?«

»Ja, Fritz Konnert.«

»Aber Holm Bergmeister hat Sie dann aufgeklärt, ja?«, fragte Peter Heiland.

Sie nickte. »Wir haben ihm nicht gleich geglaubt. Aber dann hat Swetlana«, sie deutete auf eine der Frauen, »von ihrer Schwester zwei SMS bekommen. Die war im Harem eines Scheichs gelandet und andere auch.«

Eine der Frauen meldete sich. »Wir hätten Mittwoch fliegen sollen.«

»Hat Ihnen Herr Konnert das gesagt?«, fragte Carl Finkbeiner.

»Ja. Er habe schon die Tickets und für jede von uns 500 Dollar als Startgeld von Al-Bakr bekommen. Aber von Holm wussten wir, was Al Bakr mit uns vorhatte und was uns blühen würde!«

»Was ist denn passiert, nachdem Holm Bergmeister Sie in der Gartenkolonie versteckt hatte?«

»Drei Männer sind gekommen. Sie haben die Tür aufgebrochen. So geschickt, dass wir es gar nicht gleich gemerkt haben. Mitten in der Nacht. Eigentlich ganz gesittete Kerle. Aber sie hatten Waffen. Und dann stand plötzlich dieser Araber in der Tür.«

»Al Bakr?«

»Ja, Al-Bakr. Er hat gesagt: ›Wir bringen Sie jetzt in Sicherheit, meine Damen, und in ein paar Tagen treten Sie dann Ihre Reise an – Ihre Reise ins Glück.‹ Dann mussten wir in einen Kleinbus einsteigen, und der brachte uns hierher.«

»Okay«, sagte Peter Heiland. »Alles Weitere besprechen wir später.«

»Wo bringen Sie uns hin?«

»Zurück nach Berlin. Danach müssen Sie entscheiden. Sie sind freie Menschen.« Er hätte gerne noch gesagt: »Falls Sie gültige Papiere haben«, hielt das aber im Augenblick nicht für opportun.

Jenny Kreuters kam zurück. »Ein Kleinbus ist unterwegs, außerdem ein Einsatzkommando aus der Stadt Brandenburg.«

Carl Finkbeiner hatte organisiert, dass die Frauen für den Rest der Nacht in einer Sozialstation untergebracht werden konnten. Begleitet wurde ihr Transport von zwei Polizistinnen und einer Sozialarbeiterin, die von der Polizeidirektion Brandenburg geschickt worden waren. Zwei Schutzpolizisten übernahmen es, den Wachmann aus dem Bauzelt zum Polizeirevier Beelitz zu bringen, wo er zunächst unter Arrest bleiben sollte.

»Ich habe nichts aus ihm herausgekriegt«, sagte Norbert Meier. »Der schweigt verbissen.«

Es war kurz nach 2 Uhr in der Nacht, als die Berliner Kommissare sich ins Auto setzten.

Leise sagte Peter Heiland: »Fritz Konnert, immer wieder Fritz Konnert. Wo der überall die Finger drin hatte …!«

Eine Weile sprach niemand. Meier steuerte den Wagen, Jenny saß neben ihm. Die Rückbank teilten sich Carl Finkbeiner und Peter Heiland. Plötzlich sagte Carl: »Ich frage mich, wo dieser Konnert eigentlich gewohnt hat, wo er doch die Adresse im Schillerkiez nur als Gelegenheitsbleibe genutzt hat.«

»Gute Frage«, rief Meier von vorne. »Auf die hätten wir auch schon früher kommen können.«

»Sind wir aber nicht«, gab Carl Finkbeiner gereizt zurück.

»Warte mal«, sagte Peter Heiland. »Ich hab doch auf seiner Visitenkarte gelesen: Richard-Strauss-Straße. Die Nummer war 111. Die Adresse war durchgestrichen, und die neue im Schillerkiez hat er darübergeschrieben.«

Jenny drehte sich um. »Ich bewunderc dein Gedächtnis.«

»Wenn er seine alte Wohnung nun behalten hat?«, fragte Carl Finkbeiner.

»Das werden wir morgen als Erstes klären.«

Zu Hause schlich sich Peter Heiland auf Zehenspitzen in die Wohnung. Er warf einen Blick ins Kinderzimmer. Heinrich schlief tief und fest. Im Bad zog Peter sich aus, schlüpfte in sein Nachthemd, das über einem Plastikbügel an einem Haken hing, und ging leise ins Schlafzimmer. Hanna lag auf dem Rücken. Sie hatte die Augen geöffnet. »Na, Gott sei Dank, dass du da bist.«

Peter kroch unter die Decke und schob seinen Körper dicht an den seiner Frau heran, legte den Arm um ihre Hüften und küsste sie sanft. »Schlaf!«, sagte er.

21

Mittwoch, 20. Mai 2020

Obwohl er als Letzter ins Bett gekommen war, stand Peter Heiland als Erster auf, kochte Kaffee und richtete den Frühstückstisch in der geräumigen Küche. Hanna kam herein, gähnte verschlafen und sagte: »Was ist denn mit dir los?«

»Ich konnte sowieso nicht richtig schlafen. Mein Chef in Stuttgart, der Bienzle, hat immer gesagt, er spüre es körperlich, wenn ein Fall vor der Aufklärung steht. Sieht so aus, als sei das Gefühl auf mich übergegangen.«

Hanna goss sich Kaffee in eine Tasse. »Habt ihr denn die Frauen gefunden?«

Peter nickte. »Sie waren tatsächlich am Gelände der ehemaligen Beelitzer Heilstätten versteckt.« Während er ein halbes Brötchen mit Butter bestrich und mit Salami belegte, berichtete er seiner Frau, was er in der Nacht erlebt hatte.

Hanna seufzte. »Wie gern wäre ich da dabei gewesen!«

Der kleine Heinrich kam herein. »Ich war schon im Bad und hab auch schon die Zähne geputzt.«

Leise sagte Peter: »Wie schön kann doch das alltägliche Leben sein.«

Noch in der Nacht hatte er mit Norbert Meier verabredet, dass sie sich um 9 Uhr in der Richard-Strauss-Straße 111 treffen würden. Peter Heiland war pünktlich, und Norbert Meier war schon da.

Sie standen vor einem dreistöckigen Haus, das über insgesamt acht Wohnungen verfügte. Sieben Briefkästen und sieben Klingelschilder wiesen Namensschilder auf. Das zweite Schild von unten auf der rechten Seite war leer.

Die Haustür ging auf. Ein junger Mann stürmte heraus, sah kurz auf seine Armbanduhr und gab einen lauten Fluch von sich.

»Moin«, sagte Meier gemütlich, »wieder mal zu spät, wa?« Er stellte seinen Fuß in die Tür, damit sie nicht zuschlagen konnte.

Der Mann antwortete nicht, rannte zu einem teuren SUV am Straßenrand, sprang hinein, ließ den Motor an und fuhr mit quietschenden Reifen davon.

Die beiden Kommissare betraten den Hausflur und stiegen in den ersten Stock hinauf. Auch hier fanden sie eine Tür ohne Namensschild. Meier zog seinen elektronischen Schlüssel aus der Tasche und führte ihn ins Schloss ein. Ein leises Surren war zu hören, während das elektronische Gerät die richtige Kombination suchte, dann plötzlich machte es Klack, und die Tür ließ sich aufdrücken. Sie betraten die Wohnung. Peter Heiland schloss leise die Tür hinter sich. »Würde mich wundern, wenn keiner vor uns da gewesen wäre.«

Spuren dafür fanden sie allerdings nicht. Die drei Zimmer wirkten bewohnt und waren ordentlich aufgeräumt.

Vor den Fenstern auf der straßenabgewandten Seite breitete sich ein Gartengrundstück aus. Eine Glastür, die nur gekippt war, führte auf einen Balkon hinaus, auf dem ein mächtiger Strandkorb stand. Meier schüttelte den Kopf: »Das kann ich schon gar nicht leiden: ein Strandkorb mitten in der Stadt. Ist das nicht pervers?«

Peter Heiland antwortete nicht. Er hatte sich vor den Schreibtisch gesetzt, der mitten im Zimmer stand. »Dass das Fenster gekippt ist, deutet ja wohl darauf hin, dass er hier gewohnt hat«, sagte er.

»Das zeigt sich auch in der Küche«, bemerkte Meier. »Der Abwasch steht noch auf der Spüle. Es kann nicht lange her sein, da hat hier noch jemand gegessen. Teller und Besteck deuten darauf hin, und zwar nur auf eine Person.«

Peter Heiland zog ein Paar weiße Latexhandschuhe an und klappte den Laptop auf, der mitten auf der Schreibtischplatte stand.

»Wenn man jetzt das Passwort hätte …«, ließ er sich hören.

»Versuch's doch mal mit Lydia.«

Aber das brachte nichts. »Wir nehmen ihn mit. Unsere Techniker werden schon an sein Programm rankommen.« Peter zog nacheinander die Schreibtischschubladen auf. Die unterste war verschlossen. »Kriegst du die auf?«, fragte er Meier.

»Mal sehen.« Meier inspizierte das Schloss. Er schnalzte mit der Zunge. »Das hat er sich was kosten lassen. Ohne Gewalt kommen wir da nicht ran.«

»Gut, dann rufen wir jetzt einen unserer Techniker.«

»Augenblick noch!« Meier kniete vor der Schreibtischschublade und hatte ein Sortiment von Schlüsseln vor sich auf den Boden gelegt. »Die Elektronik meines Geräts ist dafür nicht ausgelegt, aber wenn ich ... also wenn ich mit konventionellen Mitteln und einem Stemmeisen ...«

»Und wo kriegen wir jetzt ein Stemmeisen her?«, unterbrach ihn Peter Heiland.

»Der Schürhaken dort tut es vielleicht auch.«

Peter Heiland ging zu dem offenen Kamin. Ein Aschehäufchen deutete darauf hin, dass offensichtlich vor nicht allzu langer Zeit noch ein Feuer gebrannt hatte. Peter brachte seinem Kollegen das gut 40 Zentimeter lange, stabil wirkende Werkzeug.

Während Meier sich an dem Schubladenschloss abmühte, ging Heiland in das Schlafzimmer. Das Bett wirkte benutzt, die Schränke waren gut gefüllt. Keine Frage, diese Wohnung hier war Fritz Konnerts eigentliches Versteck gewesen.

Ein lautes Geräusch kam aus dem Nachbarzimmer. »Na, wer sagt's denn?«, rief Norbert Meier.

Peter Heiland ging rasch hinüber. Sein Kollege saß nun im Schneidersitz vor der offenen Schreibtischschublade und schichtete Papierstapel heraus. »Briefe, Notizen und – da, schau mal: Das ist doch ein Manuskript, oder?« Er reichte die mit einem einfachen Hefter zusammengehaltenen Seiten über die Schulter nach hinten. Heiland nahm sie behutsam entgegen und las das Titelblatt: *Die Gentlemen*, und dann den Untertitel: *Die Verbrechen der feinen Herren – Roman von Fritz Konnert.*

»Das soll mal Carl studieren«, sagte Norbert Meier vom Boden herauf. »Und ich schaue mir seine Einnahmen und Ausgaben an.« Er hielt ein Bündel Papiere hoch.

22

»Ich glaube, das Zeug wiegt schwerer als jedes Geständnis«, sagte Kriminaloberrat Nellinger von der Abteilung Wirtschaftskriminalität. Im Konferenzsaal saßen zehn Beamte, unter ihnen Peter Heiland und seine Frau Hanna, Peters engste Mitarbeiter und drei von Hannas Kollegen aus der Abteilung drei. Sie alle hatten sich mit den Funden Heilands und Meiers aus Konnerts Wohnung in der Richard-Strauss-Straße beschäftigt. Am Kopfende des Tisches präsidierte Oberstaatsanwalt Kiedaisch die kleine Versammlung. Nellinger saß neben ihm. »Also, wer möchte zuerst?«, fragte der Oberstaatsanwalt.

Carl Finkbeiner hob die Hand. »Ich bin mit dem Manuskript durch. Konnert konnte sich offenbar nicht entscheiden, ob er einen Roman oder ein Sachbuch schreiben wollte. Manche Passagen sind reine Dokumentation, andere aber ganz genauso reine Fiktion. Ein seltsames Gemisch. Allerdings glänzend geschrieben.«

»Ja, gut«, sagte Oberstaatsanwalt Kiedaisch, »aber bringt uns das weiter?«

»Ich denke, schon. Die Waffengeschäfte zum Beispiel werden ganz genau geschildert, wobei Nidal Chahrour Al-Bakr durchgängig mit dem Klarnamen erscheint, während dessen Partner Bergmeister immer nur mit dem Kürzel FUR erwähnt wird. Aber wer gemeint ist, wird absolut klar, zumal dessen Sohn mit dem Namen Holm auftaucht. Ich kann alle Passagen, die für unsere Ermittlungen relevant sind, exzerpieren …«

»Was bitte?«, rief einer aus der Runde.

Carl Finkbeiner lächelte. »Ich kann die Stellen herausziehen und zusammenstellen.«

»Ja, machen Sie das«, sagte Kiedaisch.

»Ich habe diese drei kleinen Notizbücher durchgesehen«, meldete Jenny Kreuters. »Eigentlich sind es nur Taschenkalender. Aber es scheinen Tagebücher in Stichworten zu sein. Da finden sich bestimmt auch Überschneidungen mit dem Romanmanuskript. Diese Notiz hier liegt drei Jahre zurück und fällt einigermaßen aus dem Rahmen.« Sie las laut vor: »Treffen mit Holm B. Er frisst mir aus der Hand. Glaubt jetzt sogar an die Schuld seines Vaters am Tod seiner Mutter.«

»Dieser Konnert war offenbar so etwas wie der Jago«, warf Carl Finkbeiner ein.

»Sie meinen den Jago aus Shakespeares *Othello*?«, fragte Kiedaisch.

»Ja, Othello glaubt ihm alles, auch die anderen halten ihn für einen fairen Kerl, und dabei hat er nur Lust daran, alles zu zerstören. In erster Linie Desdemona, die Othello am Ende selber umbringt.«

»Sind wir jetzt in einem literarischen Seminar?«, rief Norbert Meier.

Kiedaisch lächelte. »Es kann nie schaden, wenn man etwas lernen kann.«

Peter Heiland beugte sich zu Jenny Kreuters hinüber. »Das Datum dieses Eintrags bitte genau?«

»27. Juni 2017.«

»Und?«, fragte Kiedaisch.

»Am 23. Juni 2017 ist Frau Bergmeister gestorben. Sie soll sich selbst umgebracht haben mit einer starken Überdosis Digitalis.«

Jenny meldete sich wieder: »Und dann ist da noch ein Eintrag vom Februar dieses Jahres: ›Ich kriege FUK dran. Er kommt mir nicht aus. Allein wegen seiner illegalen Waffengeschäfte und der Geldwäsche. Ich kriege, was ich will.‹«

»Er wollte Bergmeister also erpressen«, sagte Oberkriminalrat Nellinger.

»Ich hab da auch was«, rief Hanna Heiland. »Eine genaue Auflistung der Waffenverkäufe, an denen Bergmeister offenbar beteiligt war oder ist.«

»Halt!«, rief Jenny dazwischen. »Ich bin noch nicht fertig. Da steht: ›Donnerstag, 14. Mai 2020. Treffen mit FUB im Tiergarten. Er wird bezahlen.‹«

»Fritz Konnert war also mit Frank Ulrich Bergmeister am Tag seines Todes verabredet«, sagte Peter Heiland, »und zwar dort, wo Konnert erschossen wurde: im Tiergarten.«

Oberstaatsanwalt Kiedaisch stand auf. »Ja dann, meine Damen und Herren, ab jetzt ist das ja wohl kriminalistische Routine.«

Peter Heiland ließ es sich nicht nehmen, die Festnahme Frank Ulrich Bergmeisters selbst zu vollziehen. Begleitet von Carl Finkbeiner und zwei Schutzpolizisten, betrat er um 16.30 Uhr das Büro in der Glinkastraße. Bergmeister war in einer Besprechung mit seiner Prokuristin Doktor Melanie Liesenbrink.

»Wir nehmen Sie vorläufig fest wegen des Verdachts auf Mord an dem Journalisten Fritz Konnert.« Danach ratterte Peter Heiland die übliche Belehrung herunter.

»Sie müssen von allen guten Geistern verlassen sein«, sagte Frau Doktor Liesenbrink.

Peter Heiland schüttelte den Kopf und zeigte auf Frank Ulrich Bergmeister. »*Er* muss von allen guten Geistern verlassen worden sein.«

Bergmeister sah den Kommissar kopfschüttelnd an. »Wann wurde denn Herr Konnert erschossen?«

»Am Donnerstag, 14. Mai, gegen 13 Uhr.«

Bergmeister lachte auf. »So gegen 14.30 Uhr waren Sie bei mir im Pflasterweg, und Sie sind kurz darauf noch einmal wiedergekommen, um mir vom Tod Konnerts zu berichten, Sie erinnern sich?«

»Von 13 Uhr bis 14.30 Uhr sind es anderthalb Stunden – Zeit genug, um aus dem Tiergarten in den Pflasterweg zu kommen. Haben Sie für diese Zeit ein Alibi?«

»Ja, natürlich«, er deutete auf seine Prokuristin. »Wir haben in meinem Haus gesessen und sind die Vierteljahresbilanz durchgegangen. Frau Doktor Liesenbrink ist kurz vor 14 Uhr gegangen. Sie kann Ihnen das bestätigen.«

Bergmeisters Mitarbeiterin hatte ihre Hände leicht angehoben und starrte auf ihre Fingernägel.

»Ja bitte!«, sagte Peter Heiland, dem anzusehen war, wie ihm die Felle davonschwammen.

»Frank Ulrich«, hob Melanie Liesenbrink leise an und wiederholte dann noch einmal: »Frank Ulrich …«

»Ja, was ist denn?«, fuhr er herrisch auf.

»Die Herren von der Polizei werden ohne Probleme in Erfahrung bringen, dass ich in der fraglichen Zeit …« Sie atmete ein paarmal tief durch und setzte dann noch mal an: »… dass ich in der fraglichen Zeit im Hotel *Majestic* eine Geschäftsbesprechung mit Mister Al-Bakr hatte.«

»Melanie!« Bergmeister sprang auf. »Was redest du denn da?« Er packte sie an den Schultern und schüttelte sie so heftig, dass sie aufschrie: »Du tust mir weh!«

»Dürfen wir fragen, worum es bei dieser Geschäftsbesprechung ging?«, fragte Carl Finkbeiner sanft.

Bergmeister fuhr herum. »Um nichts! Sie hat nie mit Al-Bakr verhandelt. Er ist Araber. Mit einer Frau verhandelt der nicht!« Das Gesicht Bergmeisters hatte sich blaurot verfärbt. Er atmete schwer.

»Erst gestern haben wir beobachtet, wie Herr Al-Bakr mit Lydia Schlösser verhandelt hat«, sagte Peter Heiland.

»Was?«, schrie Bergmeister.

»Ach, sieh mal an«, sagte Frau Liesenbrink spöttisch.

Peter Heiland sprach betont ruhig weiter: »Die Dame sitzt jetzt bei uns in Untersuchungshaft. Da hat sich so einiges angesammelt, wofür sie zur Verantwortung gezogen werden muss. Aber das wird Sie ja nicht überraschen.«

Frank Ulrich Bergmeister hatte völlig die Kontrolle über sich verloren. »Diese Weiber!«, schrie er und ging dann erneut auf seine Prokuristin los. »Was hast du denn mit Al-Bakr zu verhandeln?«

Frau Doktor Liesenbrink machte ein paar Schritte zurück, als wollte sie sich vor ihrem Chef in Sicherheit bringen. »Ich habe dir erst neulich gesagt, dass ich so nicht weitermachen will, und ich bin noch nicht zu alt, um neue Herausforderungen zu suchen.«

»Und die bietet Ihnen Herr Nidal Chahrour Al-Bakr?«, fragte Carl Finkbeiner.

Frau Liesenbrink schien ihn nicht gehört zu haben. Sie redete weiter nur auf Bergmeister ein: »Und ich habe dir auch gesagt, wie unwürdig ich dein Spiel mit dieser Schlösser …«

»Halt den Mund!«, brüllte der Unternehmer. »Halt endlich dein ungewaschenes Maul, du schamlose Votze!«

»Na, na«, machte Peter Heiland. »Ihr Alibi hat sich also in Luft aufgelöst. Seien Sie übrigens sicher, Herr Bergmeister, wir können Ihnen den Mord an Fritz Konnert beweisen. Er hat das Treffen mit Ihnen im Tiergarten noch selbst in seinen Kalender eingetragen.«

»Aber warum soll er das denn getan haben?«, fragte plötzlich Frau Liesenbrink.

»Fritz Konnert hat ihn erpresst. Das hat Konnert selbst in seinem Tagebuch hinterlassen. Offenbar wusste er genau über die illegalen Waffengeschäfte von Herrn Bergmeister und die Art seiner Geldwäsche Bescheid, über die ich Sie wohl kaum aufklären muss, gnädige Frau, weil ich davon überzeugt bin, dass Sie sie kennen. Im Übrigen wusste Fritz Konnert auch genau über die Sexpartys Bescheid, die in Herrn Bergmeisters Haus gefeiert wurden. So auch in der Nacht zum 12. Mai, als eine junge Prostituierte ums Leben kam. Konnert hat diese Orgien, wenn ich sie mal so nennen soll, sogar gemeinsam mit Lydia Schlösser organisiert. Frau Schlösser, deren Schwester ein Bordell betreibt, hat jeweils die Frauen für diese Feste geliefert.«

Während Peter Heilands kleinem Vortrag war Frank Ulrich Bergmeister zu einem Sessel gegangen, hatte sich langsam gesetzt und war in sich zusammengesunken.

Frau Doktor Melanie Liesenbrink griff nach ihrer Tasche, wandte sich wortlos ab und ging zur Tür. Dort blieb sie noch einmal stehen, drehte sich um und sagte: »Du tust mir leid«, dann ging sie leise vollends hinaus.

Bergmeister holte tief Luft. »Ich muss meinen Anwalt anrufen.«

»Das ist Ihr gutes Recht«, sagte Peter Heiland.

Als der Kriminaloberrat Nellinger etwa um die gleiche Zeit in Begleitung von drei weiteren Beamten im Hotel *Majestic* eintraf, um Al-Bakr festzunehmen, erfuhr er, dass der Libanese am frühen Morgen abgereist war. Er habe zur Überraschung der Hotelleitung seine Suite, die er über Jahre fest gemietet hatte, gekündigt und alle fälligen Rechnungen bezahlt. »An das Trinkgeld werden wir uns noch nach Jahren erinnern«, sagte der Portier.

»Wollen Sie uns verraten, wie viel es war?«, fragte Nellinger.

»Jeder von uns bekam 1.000 Euro bar auf die Hand. So etwas hat es noch nie gegeben, und ich bin seit über 30 Jahren in diesem Job.«

Eine Recherche am Flughafen ergab, dass Nidal Chahrour Al-Bakr mit einer Maschine um 8.30 Uhr nach Riad, der Hauptstadt Saudi-Arabiens, geflogen war.

»Der ist uns entwischt«, sagte Nellinger, »wahrscheinlich ein für alle Mal.«

Als Heiland und Finkbeiner mit Frank Ulrich Bergmeister im LKA ankamen, kam Holm Bergmeister in Begleitung von Jenny Kreuters den Korridor entlang. Er hatte soeben erfahren, dass gegen ihn keine Anklage erhoben werde und dass er wieder frei sei. Jenny hatte es einrichten können, seinen Abgang so zu legen, dass er seinem Vater begegnen musste.

Die beiden blieben stehen, und die Beamten zogen sich ein paar Schritte zurück.

»Hast du Konnert …?«, weiter kam der Sohn nicht, weil ihm die Stimme brach.

Sein Vater nickte. »Er hat es verdient. Aber am Tod deiner Mutter bin ich nicht schuld. Das musst du mir endlich glauben.«

»Ihr Vater hat recht«, sagte Peter Heiland, »Fritz Konnert hat Sie offensichtlich belogen.«

Holm machte einen Schritt auf seinen Vater zu, unschlüssig und starr standen sie nun dicht voreinander, bis der Sohn die Arme ausstreckte, den Vater, der ihn um mindestens 30 Zentimeter überragte, an den Schultern nahm und an sich zog. »Ich glaub's dir. Und das mit Konnert war doch vermutlich mehr oder weniger Notwehr.«

Der Vater zwang sich ein Lächeln ab. »Nicht nur, es war auch Rache«, sagte er und löste sich aus der Umarmung.

Dann gingen sie, jeweils mit ihrer polizeilichen Begleitung, in entgegengesetzte Richtungen davon.

ENDE

Kommissar Peter Heiland ermittelt:

1. Fall: Der Patriarch
ISBN 978-3-8392-1945-4

2. Fall: Heiland
ISBN 978-3-8392-2127-3

3. Fall: Babettes Ballhaus
ISBN 978-3-8392-2279-9

4. Fall: Wut
ISBN 978-3-8392-2491-5

5. Fall: Nackt im Grab
ISBN 978-3-8392-2742-8

6. Fall: Berliner Nacht
ISBN 978-3-8392-0236-4

Weitere Bücher von Felix Huby:

Kommissar Bienzle ermittelt:
Bienzle und der Terrorist
ISBN 978-3-8392-2281-2

Bienzle und der Tod im Tauerntunnel
ISBN 978-3-8392-2282-9

Nichts ist so fein gesponnen (Hrsg.)
ISBN 978-3-8392-1190-8

Was soll ich auf der Schwäbischen Alb?
ISBN 978-3-8392-0208-1

DIE NEUEN Lieblings-plätze

ISBN 978-3-8392-0154-1

ISBN 978-3-8392-2730-5

ISBN 978-3-8392-0155-8

ISBN 978-3-8392-0158-9

ISBN 978-3-8392-0160-2

ISBN 978-3-8392-0159-6

ISBN 978-3-8392-0161-9

ISBN 978-3-8392-0163-3

ISBN 978-3-8392-0164-0

ISBN 978-3-8392-2626-1

ISBN 978-3-8392-0156-5

ISBN 978-3-8392-0157-2

ISBN 978-3-8392-0166-4

ISBN 978-3-8392-0166-4

ISBN 978-3-8392-2838-8

ISBN 978-3-8392-0168-8

GMEINER KULTUR

WWW.GMEINER-VERLAG.DE
Mensch, Kultur, Region